# 嘘をつく日々に慣れないで

## アフロ日記 1998-2003

### 南谷真子

*mako minamiya*

文芸社

嘘をつく日々に慣れないで

強くなれと育ってきて

強がることばかり覚えて

本当に伝えたい言葉さえ

飲み込むことしかできずに苦しんで生きてる

嘘をつく日々に慣れないで
**目次**

アフロ姫の物語
5

1998～1999年　嘘をつく日々
7

2000年　ながい夢の終わり
27

ロンドン日記
49

2001年　ほんとうの始まり
63

2002年　嘘をつく日々に慣れないで
109

2003年　いつも心に太陽を
163

エンディング　自分に嘘をつく日々に慣れないで
195

## アフロ姫の物語

いつか白馬に乗った王子様が現れて
私をどこか遠くへ連れて行ってくれる。

そんな想いをどこかに抱えて生きてきた。

'96年にデモテープを送っていた頃はそう思ってた。
少なくとも'97年にオーディションに受かった時はそう信じていた。
でも結局、王子様なんてどこにもいなかった……。

ある日気がついた。
王子様を探して彷徨っているうちに
１人でずいぶん遠くまで来ていたことに。
すごいなぁ、タフだなアタシ。

でもやっぱりいつか白馬に乗った王子様が現れて
私をどこか遠くへ連れて行ってくれる。

そう私は信じている。

今も王子様を探して彷徨っている。
そして自分の足でどこまでも歩き続ける。

1998〜1999年
嘘をつく日々

## 大きな存在　1998年8月19日

久しぶりにデパートの屋上にのぼった。
曇り空の下、たくさんの屋根がずーっと、ずーっと遠くまでひろがってた。<u>私の育った街</u>は山が街を囲んでいて、いつも見上げるとその時々の「色」
*1
を山が着て空といっしょに目に飛び込んでくる。でも、そんなことに気づいたのは、東京に来てからだったと思う。

当たり前にあると思っているものは、その大きな存在にもなかなか気づかないんだなあ。人もおんなじなのかもしれないね。

## メロンパンのはなし　1998年10月24日（土）

私の周りはメロンパン好きの人がたくさんいる。もちろん私もその１人だ（『Satisfaction』でも詞にしてるぐらい！）。なぜか「メロンパン」という言葉の響きに、私は魅かれてしまう。もしあれが違う名前だったら？　こんなには好きじゃないかもしれない。

私が初めてメロンパンを食べたのは「ロバパン」というパン会社の工場の近所に住んでいた３歳ぐらいの頃だったと思う。直売所になっている工場のとなりの小屋へ母親に手を引かれながらよく買いに行った。小屋の中までパンの焼き上がる匂いがぷんぷんしていて、それは「幸せの匂い」だと私には感じられた！　その名前が子どもの自分にはぴったりのような気がして、買ってもらった大きなメロンパンがとても嬉しかった（なぜかアンパンは大人のパンだと思っていた！）。
そしてそれが、いつの間にか"メロンパン＝幸せ"のイメージとして私の中に定着したのだった。
だから今も辛いことがあったり元気がない時にメロンパンを食べると、あの幸せのイメージが私を元気づけてくれるのだと思う。ほかの人達も「メロン」や「メロンパン」の響きの中に、いつかどこかの幸福なイメージが

---

*1 '96年に送ったデモテープで音楽事務所のオーディションに通り、OLIVE OLIVEという名前で曲作りを続けていた。しかし、いつまでもCDデビューが見えない状況に悩んだ私は、HPを立ち上げてデモMDの販売を自分で始めた。HPに最初に書いたのは、育った街、札幌のことだった。

あるのかもしれないね!

やっぱりどこがメロンなのかわからないけれど「幸せパン」の意味で「メロンパン」の名前は許せちゃうのだ。もしかするとメロンパンを考えた人も、このパンに「幸せ」をイメージしていたのではないだろうか。

よっし、買ってこよう! メロンパン!!

## 私のクリスマス 1998年12月16日 (水)

私のお家もクリスマスになってますよ。天井からサンタクロースがぶら下がってたり、派手なツリーが1日中光っていたり、今年は気合はいってるんです!!

実は数日前に原宿の「吉」というレストランでミニ・ライブをやってしまいました! これはOLIVE OLIVEのMDを売らせてもらっている"BIL-AIR"という服屋さんのクリスマスパーティーだったんだけど、私もびっくりするくらい唄っていて楽しかったのでした。この日のためにみんなで唄える曲『Carry On』を作ってみたら、最後に本当にお客さんと合唱になって、私はちょいとばかしウルウルきてしまいました。

そうそう、きのう音楽事務所と契約しました(ぱちぱち)。ぐずでのろまなカメの私も、ゆっくりだけれど前進しているみたいです。今年のクリスマスは"Happy Xmas"です。私。

## A Happy Lucky New Year !! 1999年1月1日 (金)

新年あけましておめでとう!!

今年は子どもの頃、恐れていた1999年です!! でも今、私には希望の優しい光が見えます。だってOLIVE OLIVEがたくさんの人に出会える年になるんだもの! ああ、たくさんやってみたいことがあるなあ。レコーディングにライブに……。

皆さんも食べすぎに注意して。すてきな新年を迎えてくださいね!!

---

*2 本当は'97年の春には事務所と仮契約を結んでいた。何が何だかわからないうちに過ぎた1年9ヵ月。ふりかえってみると、書くなと言われたわけじゃないが、HPも日記もなんとなく正直に書けないことが多かった。それで良かったのか変だったのかはわからない。すべては結果論だから。

## レコーディングしてます！　1999年1月11日（月）

とうとうレコーディング始まりました。昨日はウチについたらテレビは全部終了して砂あらし状態でした!!

今日も今、出かけるところです。

<u>マニュピレーター</u>[*3]の方のスタジオで作業してるのですが。たくさん機材があっておもしろいとこです。なんか1個ぐらい持って帰っちゃってもバレナイかも？　……なんて、良くないことを考えてしまう私でした。MDで発売していた『HappyLuckySunnyDay』もニューバージョンに変身中です!!　オリジナルはMDでしか聴けないので、買ってくださった方は貴重なものを持ってることになるかも。

おっと、遅刻してしまう。行ってきま〜す!!

## レコーディングの日々　1999年1月15日（金）

レコーディングの合間のご飯タイムが、楽しみになっています。昨日は自由が丘へみんなでギョウザを食べに行きました（あとでスタジオがくさかったかも……）。その帰り、マニュピレーターをしてくれているタローさんが、「石焼き芋」を買ってくれました。ありがとう。

あれ？　私、もしかすると生まれて初めての「石焼き芋」だったかもしれません。あんなに甘〜くて、ハグッとしていて、美味しいものだったんですね〜、石焼き芋（サザエさんの気持ちがわかったかも）。

そうして私が芋をパクパク食べている間に、タローさんの素晴らしい技でみるみる打ち込み（programming）がカッコ良くなっていったのでありました。ありがたや〜、ありがたや〜！

## 皆さ〜ん！　ようこそココへ！　1999年1月31日（日）

やっとやっと、昨日レコーディングが一段落ついて、今日このHPに来てみたら……。まあ！

すごーいカウンター数の伸びと、掲示板への書き込み数に驚き、感激しま

---

[*3]　コンピュータで音楽データを作る人のこと。私が初めて一緒に仕事をしたミュージシャンはマニュピレーターさんだった。事務所の人達よりも業界人っぽくなくてホッとしたのを覚えている。

した〜!! 全部にお返事したいんですけれど、とりあえずここで「ありがとう!」と「どうぞヨロシク!」を言わせてもらいまーす。
そして<u>自主制作MD</u>も、残りわずかとなってきました。買ってくれてどうもありがとうね〜! OLIVE OLIVEの今レコーディングしているデビュー・シングルは、5月ぐらいに発売される見込みです。一生懸命に作ってますんで、どうか楽しみにお待ちくださいませ。
*4

今日はこれから「トラックダウン」という作業に行ってきまーす。帰ってきたらお返事書きまくりますね〜!

## 私の札幌日記　1999年2月11日（木）

札幌のお世話になってる人達へ「デビューします!」って挨拶をしに1人で行ってきた。雪祭りで飛行機も汽車もコミコミだった。

去年MDを自主発売した時に宣伝させてもらったアップルFMにお邪魔した。パーソナリティーのYさんありがとう。「僕がここにいるかぎりは応援するよ」と言ってくれた。いい人だわ〜。ずっとずっとアップルFMにいてくださいね〜!

高校生の頃、毎日のように入り浸っていた地元の楽器屋さん、玉光堂琴似店にお邪魔した。昔からぜんぜん変わらない居心地の良い場所だ。店長さんにお菓子をもらって帰りの地下鉄で食べた。ゴマ・クッキーがなかなかだった。

家の近所の喫茶店「IN ROCK」でコーヒーを飲みながら歌詞を考えてたら、隣に座ったおじさんに「キロロみたいな曲を唄わないと……云々」と言われた。そういえばウチの父も親戚の結婚式でキロロの歌を聴いて気に入っていたなあ。でも、考えてできた歌詞はやっぱりゼンゼン違うものになった（笑）。
夜、実家でホッとしたのか熱が出てダウン。

---

*4　インターネットで販売していたMDは、交渉して札幌の2つの玉光堂のCDショップでも販売してもらっていた。納品書の書き方もお店の人に教えてもらって、発送や集金も自分でやっていた。本来のインディーズってこういうコトを言うんじゃないのだろうか？　って最近ふと思う。

東京に戻る直前に札幌の中心部にある玉光堂PALS21にお邪魔した。忙しい時に私とお話ししてくださった石川さん、どうもありがとう。お店の目立つところにMDが置いてあって嬉しかった。

すっごく寒かったけど、毛穴がキュッと引き締まる感じで「お肌に良いかも」と思いながら札幌をあとにした。チャン、チャン。

## マスタリング終了!!　1999年3月23日（火）
ゴブサタしてます。気温の差が激しい今日この頃ですが元気ですか？　私はやっとマスタリングが終わりました〜。

マスタリングとは何でしょう？
これはCDをプレスする前の最後の作業で、曲を順番に並べて曲間を設定したり、全体の音の感じをととのえたりします。私も体験して初めて知った作業なんだけれどすっごく重要な作業なんですよぉ！
マスタリングは、オノセイゲンさんにやってもらいました。札幌でエンジ
*5
ニアをしている人から前に「僕にとって神様だ」と聞いていたので、ちょっとびびっていたmakoですが、とても穏やかな方で安心しました!!　そして本当に仕事が速かった!!
神の手をへていよいよ工場へと旅立っていく3曲を近々紹介しますね！

## ジャケット撮影終了！　1999年4月2日（金）
みんな、掲示板にメッセージの書き込みありがとう！　なかなか返事が書けないんだけれど、ちゃんと読んでますよ〜！
掲示板で「春雨」の話題が出ていたけど、春雨といえば、ジャケットの撮影が雨で延びてたのですが、やっと終わりました！　原宿近辺で人込みのなか、じろじろ見物されながらの撮影でした（はずかしいわ〜）。
「SWITCH」という雑誌で写真を撮っていらっしゃる松谷椿土さんに撮影
*6

＊5　オノセイゲンさんには実は'98年の春にも自主制作MDのマスタリングをやってもらっていた。自分でマスタリングスタジオを探して電話して交渉したら、偶然オノさんがやってくれたのだ。ものすごい立派なスタジオに宅録した音源を持って１人で現れた私に「こういうのがインディーズ

してもらいました。
実は私は中学高校と写真をやっておりました。しかし!!　他人を撮ってばかりで、自分の写真ってあんまりないんです。だからカメラを向けられると緊張しちゃうんです。でもさすがは松谷さんで、一瞬の顔の柔らかいとこをゲットしてくれました。かなりいい感じでできあがる予感がします。ふふふふふふふ（ヨロコビ）。
でも笑い過ぎると歯茎が見えちゃうのよね。困っちゃうなあ。

### またまたレコーディングの日々　その2　1999年4月9日（金）
一昨日はギターとベースを池尻大橋のスタジオで録りました！　ほんとにほんとに超なっとく！　のできあがりに感激しちゃいまいました!!

ギターは本田毅さん。ベースは井上富雄さんに弾いていただいたのですが、なんだか雑誌とかで見ていた人達と一緒にレコーディングできるなんて、やっぱりまだ不思議な感じがします。自分で書いたアレンジの譜面を渡して、こんな感じ、あんな感じ、と話し合いながら弾いてもらうんだけれど、私ったら恐れ多いよね！　やっぱり。まったく。緊張しちゃうよ。
今日と明日は唄を録っています。『Satisfaction』も録っているんだけれど、歌詞が使えない部分があって差し替えるのに悩んでます。歌詞を見てもらうとわかるんだけれど、ある店の名前が入っているんです。そしたらそのお店から「使わないでほしい」と言われてしまいました。ひ～え～。だからオリジナルの歌詞はMDでしか聴けないんですねえ。もう二度と。
あー、どうしよう。「銀座の……」だれか考えておくれ～！

### 昨日は映画を観ました　1999年4月22日（木）
曲作りのあいまに映画を観に行ったmakoです。「気分転換！　気分転換！」と気軽に、内容も知らずに観に行った映画は『ライフ・イズ・ビューティフル』。これ、ほんと、ほんと、良かった。

なんだよね」って微笑んでくれ、何の肩書きもない私をちゃんとアーチストとして扱ってくれた。
＊6　松谷さんとはこれ以降は接点がなかったけど彼のコトがずっと心に残っていたので、今回この本の表紙の写真をお願いしたんです！　撮影中、この4年半はやっぱり無駄ではなかったと感じた。

私も、どんな時も笑っていたいと思った。

「ふだん、笑えない時のほうが多いけど、ちょっとでも楽しいことがあったら、そのぶん、できるだけ大きく大きく笑うんだ！」と前に誰かが話していた。確かに、意識してないと案外「ぶーっ」とした顔ばかりになっていたりする。本当は気の持ちようで、小さくても楽しいことってあるはずなのに。
やっぱり笑っている顔って、強いな、優しいな、素敵だな、大好きだなって思う。

### たいへん残念なお知らせです(平塚@スタッフ) 1999年4月23日（金）
皆さん、こんにちは。今日はたいへん残念な発表をしなくてはなりません。
６月に発売するはずだったOLIVE OLIVEのCDですが、<u>都合で延期</u>となってしまいました。期間は未定です。
*7
makoはあまりのショックにものすごく落ち込んでいます。「みんなに嘘をついたような形になってしまって本当に申し訳ない」って涙ぐみながらおわびしてました。彼女がここまで来るには普通では考えられないほどの努力と忍耐で乗り切ってきましたが、まさかこんな直前でこういうことになるとは……。いちファンとして、たいへん悔しいですがどうすることもできなくて（そんな自分も悔しいです）。
まずは本人が元気になってくれることを心から願ってやみません。そして一刻も早くCDが発売になることを祈っています。彼女の曲って絶対いい曲なんで、日の目を見ないなんて信じられないし、もったいないですもの!!
皆さんも同じように祈っていてくださいね。（平塚@スタッフ）

### ありがとう！ 本当にありがとう！ 1999年5月1日（土）
みんなたくさん励ましてくれて、どうもありがとう!!　なんだかちょっと照れくさいmakoです！　もう大丈夫です！
今度のことではさすがにちょっとマイッテしまったけれど、そのお陰でこ

---

*7　実は３月からこうなる気がしていた。所属していた事務所の制作部がなくなり、担当マネージャーも人事異動でいなくなった。「CD１枚出るまでは！」と嫌なこともすべて飲み込んできた私には死刑宣告みたいなものだった。平塚さんは事務所の人でもレコード会社の人でもない。実はこ

んなに人の温かさにふれることができて感激してしまいました。

いつも思うことなんだけれど、音楽には絶対的な評価なんてないから、曲が生まれた時は最高に感じても、時間とともに不安になったりするんです。でもそれが、他の人に「いいね」「かわいいね」って好かれると、だんだん健康で丈夫な子に育っていくように感じるんです。なんか不思議だけど、自分の曲が私が思っているよりも育っていることに気づきました。
育ててくれて、みんなみんなありがとう！

いつCDが出せるかまだわからないけれど、上を向いてテクテクテクテク、私は歩き続けます。

## いたいよう～。びぇ～ん。　1999年5月27日（木）

<u>HPに初めて写真を載せてみました</u>。こんな頭でびっくりしたかな？（笑）
*8
このたんぽぽ頭のまんまで、去年旅行に行きました……。

福岡に着いて以来、誰もじろじろ見ないから「あ、あんま目立ってないのね～、九州では結構スタンダードなのかな？」と安心するような、チョット淋しいような気分になりました。3日目、有田の近くの一本道でバスを待っていると前を車がどんどん通っていきました。すると、やっぱり誰もじろじろ見ません。
しかし、クルリっと後ろをふりかえったとたん……。
通り過ぎた車の窓から身を乗り出すようにして、たくさんの人がこっちを見ているではありませんか！
あっそんな～。そこまでしなくても～（笑）。

そうそう、今日足を挫いてしまいました。びぇーん。
ここんとこ毎日曲づくりで睡眠不足＆栄養も足りてなかったんだけど、気分転換したくて、「ちょっとだけ」と思いながらスポーツクラブにスカッ

---

私の家族です。結局そういうことです。
*8　それまでHPに写真を載せなかったのは、載せて良いのかわからなかったから。周りの顔色をうかがって行動せざるを得なかった私にとっては、こんなコトすら難題だった。ちなみにHPに

シュをしに行きました。やっぱスポーツをなめてはいけませんね！
準備運動足りてませんでした。日々運動不足でした。疲れてました。ちょっと無理しました。
スポーツの神様ごめんなさい。

今、軽くギブスしてます。あ、でも大したことないんですよ！
びぇーん。やっぱり、いたいよいたいよ〜。

## smile! smile!　1999年5月30日（日）

あんよの調子はほぼ快復に向かっておりますが、それにしてもドジだなあ。私って。これで3回目の足の怪我なんで、周りからも完璧あきれられているんであります。ちなみに前回は「カムイワッカの滝」という温泉水の滝から落ちて怪我しました（笑）。なんだかね〜。
そうそう、掲示板で私の「スマイリー君Tシャツ」が話題になってましたね。あれどこでgetしたんだっけなあ？　たぶん「ソニプラ」だったと思いますです。ちなみに渋谷のEgg-manっていうライブハウスのすぐそばに、アメリカンポップな雑貨屋を見つけました。スマイリーもいましたよ〜。
スマイリーファンなら一見の価値ありって感じかも。

## カムイワッカの滝　1999年6月1日（火）

いやいや、滝から落ちたっていっても日光の「華厳の滝」から落ちたわけじゃないんで、たいしたことないですよ！（そうでもないか……）
北海道の知床にある「カムイワッカの滝」は、温泉が幾段もの滝状になっていて、滝壷でみんな入浴する天然の自然温泉です。よって、上のほうの滝壷のほうが温度が高くて水もキレイなんですねえ。で、行きは足も乾いていて何の問題もなく登っていくのですが、帰りは足もふやけて滑りやすく、心もボーっとしてしまって、危険なのです。そのため月に3人ぐらい怪我するそうです（駆け込んだ病院でお医者さんが当然のように話してくれた！）。

載せた写真は、現在と変わらない大きな頭をして、スマイリーの大きな顔がプリントされたTシャツを着た、元気いっぱいの私でした。

それでも3mぐらいの高さから滑落したんで、「おおおおおお」というまに左足は倍ぐらいの大きさに腫れ上がっておりました。
皆さんも知床に行くことがあったら、ぜひまねしてみてください（うそ）。
ちなみにそこから一番近い病院まで30分ぐらい（民家もなんにもない）です。私は呼ばなかったけど、救急車をもし呼んだら「パジェロ型救急車」がやってくることでしょう。

## こころは80's　1999年6月25日（金）

ライブやりたいな～。楽しいだろうな～。
ところで、昨日TVで『バック・トゥ・ザ・フューチャー』やってたね！そんで私は「パート1」のサントラを持っていることを思い出しました（もちろんLP）。

私が音楽を聴くようになったきっかけは映画だったと思います。初めてハートにきたのは『フットルース』だったかなあ。「カッコイイお兄ちゃんがヘッドホンつけて踊っている看板」につられて観に行ったら、音楽が超良かった（ストーリーは覚えてないけど）。そこで誰かにサントラのテープを借り、カセットデッキを2台向かい合わせに置いて、大音量でダビングしたことを覚えております（笑）。他にも『ポリスアカデミー』とか『トップガン』とかお気に入りだったなあ（もろ80'sだね～）。

映画の最後にクレジットがダーって流れるけど「あれはどの曲？」なんて読み取れないよね！　で、サントラを買って、次はそのアーチストのアルバム買って、過去のアルバムも探して、なんてしているうちに咽の奥まで針がささった魚のように、音楽にハマってしまったんだね～。
<u>ケニー・ロギンスは最近どうしているんだろうな～。</u>
*9

## いちおう一段落　1999年7月6日（火）

ここんとこ作ってた曲が、いちおう一段落して、ちょびっとホッとしてい

---

*9　この頃、すでに精神的に完全に弱っていて曲が作れなくなっていた。だから昔集めたレコードやCDを引っぱり出しては、初めて音楽に触れて感じたエネルギーを取り戻そうと必死だった。

るmakoです（何日ぶりかのインターネットなのだ）。
そうそう、こないだウチに「作業中のmako」を撮影しに平塚さんが来てくれました。作業をしてる時の私は「鶴の恩返し」のように「決して中を覗かないでくださいね！」状態に入ります。べつに秘密があるとかじゃなくて、見せられるような姿じゃあないんです（笑）。

どのくらいすごいかというと……。

ある時、パソコンとの作曲作業に疲れきった私は深夜に１人でコンビニへふらふらと向かいました。その途中、向こうからノロノロと自転車に乗った異様な男に遭遇しました。「あ、やばいかも！」頭がぼーっとしていた私でもさすがに直感しました。そやつはこちらの様子をうかがうように少し離れた場所で自転車を止め、私の姿が街灯の明かりに照らし出されるのを待っていました。
ひえ～！と思ったものの、ここまで来たらファイティング・スピリッツを駆り立ててまっすぐ歩いて行くしかありません。そんな私を街灯の光が照らした瞬間……！　男はなぜか自転車のペダルを「ちぇっ」という感じでおもいっきりこぎながら、あっというまに去っていったのでした。
「あれ？」そう疑問に思いながらも怖くなった私は急いで家に引き返しました。そして玄関の鏡にうつった自分を見てびっくり！
「こりゃ、こっちのほうが100倍ヤバイわぁ！」
具体的にどんなだったかって？
ないしょ。

きょうはぐっすりねよーっと。

## リリース情報解禁！　1999年7月27日（火）

わ～い。
９月25日VYBE MUSICのオムニバスCD「La La means I love you」[*10]に、

---

*10　インディーズレーベルから出る女性アーチストのオムニバスCDに参加することになった（どういう経緯だったのかは不明）。初めて店頭に並んだCDはオムニバスCDでもとても嬉しかった。☞

ワタクシOLIVE OLIVEの『MILK BOY』が入ることになりました（喜）。音源はMDと同じなんだけれど、OLIVE OLIVEの他にもたくさんの女性ボーカリストが入ったCDなので、私としてはとってもとっても楽しみです！

9/25発売
La La means I love you ～ララは愛の言葉～
VLCD-0016（WQCV-39）

## 夏の雨　1999年8月29日（日）

たった今、雨が降りだした。
夏の終わりの夕立ってなんか好きだなあ。
子どもの頃、夏休みの終わりはたまった絵日記に嫌気がさしてたけど、今は曲作りの真っ最中で、嫌気はささないけど焦る気持ちはおんなじかも。
そんな時に夕立が降ると、なぜかホッとする。
すぐに上がることがわかっている雨。なのにドカッと威勢のいい雨。
雨が上がるまでちょっと休憩！

一昨日オムニバスのジャケットを見せてもらいました。まぁなんてカワイイんでしょう！　オモテは女の子のイラストなんだけれど、全体的にもポップテイストで私は超お気に入りです！　このジャケットのTシャツを作るようなことをVYBE MUSICさんが話してました。絶対欲しいよ～！　と心の底から思ったmakoなのでした。

## さっそく私も渋谷HMVに行ってきました　1999年9月24日（金）

朝、掲示板に「もう売ってたので買ってきました」との書き込みを発見。
あらやだ、まだ心の準備が……と思いつつも、私もさっそくHMVに行ってきました！　ほんとにあった～。
なんかやっぱり嬉しいね。わーい。

---

自分で買ったCDは今も封を開けずに持っている。このCDに一緒に参加してた方が最近になって偶然私のHPを発見してメールをくれた。面識はないけれど今も頑張って音楽をやっていることがお互いに嬉しかった。

音楽って微妙だよね〜。私にとって聴き慣れた音のはずなのに、CDプレーヤーから自分の曲がゼンゼン違って聴こえた。厳密に言えばマスタリングやプレス工場で少しずつ違う音になってるんだろうけど、それよりも、気持ちで違って聴こえるんだよね。きっと。
『MILK BOY』が皆さんに可愛がっていただければ幸いです。

## FMくしろでスタート!!　1999年9月26日（日）

FMくしろで10月から毎週水曜日にワタクシOLIVE OLIVEがパーソナリティーをつとめるラジオ番組が始まることになりました！
おいおい、どうなるOLIVE OLIVE？　ちゃんと喋れるのか〜？
みんなの心配をよそに「釧路に行けるのかな？　秋刀魚食べられるのかな？」なんて考えているmakoなのでした。
釧路在住のお友達がいる方は、よろしくお伝えください！

## ラジオの宅ロク　1999年9月28日（火）

第1回目の番組を収録しました！　といってもやっぱりOLIVE STUDIO[*11]で1人で、なんだけどネ（笑）！
MacにTalkを録って音楽やBGMもかぶせてと30分00秒に編集しました！時間がかかったけどおもしろかったのだ。Talkって、自分が何を喋ってるのか途中でわかんなくなっていく……。難しいなあ。
釧路だけじゃなくインターネットで全国どこでも聴けるといいんだけどねぇ。技術的には私でもできるんだけどネ……。

## 新譜のごあんない……　1999年10月4日（月）

「皆さまの熱い御声援を賜りまして、今回OLIVE OLIVEは無事当選を果たすことができました！」と石原新都知事にも負けないくらいの喜びで皆さんに報告があります！
10月の末にOLIVE OLIVE初のマキシシングルが発売されまーす！
ワーイ正式決定!!

---

*11　自宅のレコーディング・スペースを当時OLIVE STUDIOと呼んでいた。パソコンを使ったハードディスク・レコーディング・システムを、音楽製作だけでなくラジオ番組の収録編集にま

発売日：1999年10月23日
アーチスト：OLIVE OLIVE
タイトル：MILK BOY
発売：VYBE MUSIC
品番：VLCDE-7007
曲目：
1.MILK BOY
2.HappyLuckySunnyDay
3.いつも同じ窓辺にふたりのあかりが灯るように

３曲目はできたてほーやほやの曲です。
私は「屋上」とか「夜景」とか高いところが好きで、今日も三軒茶屋のキャロットタワーの展望室に行っていました。そんな高いところから遠くを眺める時、ふっと心に浮かぶ想いを曲にしちゃいました！
こんな面もあるのね〜って感じで、ちょっぴり「キュン系」です。
たぶん、これが最初で最後の"ミックスダウンまでぜんぶ１人で作っちゃてるのよ〜！　ちょっぴりはずかしいわ・版"になると思います（笑）。
ミレニアムの記念にぜひどうぞ！　うふっ。

## FMくしろ　1999年10月07日（木）
さて、今日は１回目の放送（のはず）。
東京からは聴けないけれど、どうだったのかなあ？
この前FMくしろの局長さんとお会いして、北海道のことをいろいろ話して盛り上がったんだけど、釧路では秋刀魚の刺身が食べれるそうな。今まで食べたことなかった。食べに行きたいな〜。
それにしても、こうやって何かの関わりができるとその街のことが気になるようになるもので、釧路の天気予報とかなんとなく見てしまう。

---

で使うことになるとは思っていなかった。番組は、企画構成からオープニングのジングルなども全部自分で作って編集する完全に１人での作業だった。

## つぶやき　1999年10月19日（火）

今日は寒いね〜。みんな風邪には気をつけようね〜。
喫茶店で横にいた男の子が薬の人体実験のバイトをしてる話をしてました。１カ月とか隔離されて薬の副作用を調べるんだって！　お金はかなりいいみたいだけど、熱が出たり苦しんでる人もいたと言っていた。こわーい。それが実際に病気になったら治すために使われるのだから。病気にはなりたくないねえ。風邪は万病のもと。まずはウガイしとこーっと。
でも……バイト代を聞いて、一瞬、「やりたいな」と思ってしまった私。

## CDとご対面　1999年10月20日（水）

昨日やっとマキシシングルの現物にお目にかかれました！　うひょ〜。いろいろ心配してたんだけれど、なになに、心配ご無用でありました。とってもいい感じ！　自主リリースしてたMDから一歩進むことができた感じで、初々しさにあふれた「小学１年生」の気分です（友達100人できるかな♪　と唄ってしまうような気分）。

昨夜は事務所とレコード会社の方々とウチの近所で宴（？）ミーティングがありまして、日本酒（浦霞）をヒラメの刺身で飲めて嬉しかったです。お陰様で今朝は、あれ？　ここはどこ？　でした（玄関で眠ってしまったのだ）。
さあ、さあがんばるぞっと。

## わーい、マキシシングル！　1999年10月24日（日）

やっと本日発売になりました。OLIVE OLIVEの『MILK BOY』[*12]を私自身も渋谷へ探しに行ってみました。初めて自分の名前のCDがお店に並ぶというのはやっぱりドキドキする。「ないかもなっ」なんて、実はすんごく不安だったりして……。
昼過ぎ。タワーレコードならもう入っているハズと思い「オ」の棚をおそ

---

*12　釧路のラジオでパワープレイになったこの曲に対する問合わせが、地元のCD店やラジオ局にきたらしい。しかし流通がわからず店は入荷できなかった。知り合いの店から直接私に問い合わ

るおそる覗いてみると、やっぱりOLIVE OLIVEの名前がありません。「ビェーン、ナンで？」ドヨヨーンと一瞬にして暗闇モード全開です。と、その時、天使のように後光のさした店員さんが隣の棚でCDを並べ始めたではありませんか！「あっもしかして……？」そう思った私は後ろの棚にそそくさと隠れ（別に隠れる理由もないんだけど）、その様子をジッと見つめておりました!!
ジャーン!!
彼の立ち去った後「祝・私」状態の私が「OLIVE OLIVE」というネームプレートの前に立ち尽くしていたのは言うまでもありません。

## 日本のココロはテクノに通ず　1999年11月23日（火）

先日、友達に連れられて「池坊」の展覧会を見てきました。
「お華なんてお嬢様の習い事＆私には遠い世界のおはなし」と思っていたので、あんまり気が進みませんでした。会場に着くとオバサマが山のように集まっていて、一種異様に感じられ「うっ、やっぱりな～」なんてちょっと引いてしまいました。それに向こうも向こうで「なんなの？　この場違いな女の子は!!」なんて思ったらしく、ジロジロ見られてちょっと恥ずかしくなってしまいました。ゴメンナサイネ。
と、ところが池坊の家元さんや有名（私は知らんが）な先生方の展示会場に一歩踏み入れるや唖然としました。「なんか空気が違う……」そこに展示されている「お華」は、今まで私がイメージしていた「お華」とはまったく異なったものでした。なんと都会的でクールで攻撃的で幾何学的で洗練されてるんでしょう！

そのうち私の中で1つの言葉がループし始めました。
「これはテクノだ！」
友達にはmakoちゃんらしい感想だと笑われたけど、本当にびっくり＆感激しました。
う～～～ん、日本のココロはテクノに通ず!!

せの電話がきたため、なんとかしようとマネージャーに電話したが、望むレスポンスは得られなかった。自分の音楽が1人でも多くの人の元に渡ることを私は考えていた。できなかった。くやしかった。

## SADS　1999年11月30日（火）

今日はマネージャーに頼んでSADSのライブに連れていってもらった。
　　　　　　　　　*13
かかかかっこい〜。すっかり汗だくになって咽まで枯らしてきちゃったぜい。ジョー・サトリアーニ（私の好きなギタリスト）のライブ以来の雄叫びをあげてしまったわん。あたしったらロックの血が流れてるんだわ〜。なんだかSADSのライブは、ひとっ風呂浴びに行く感じ。ちなみにギターの坂下さんって北海道の人なんだそうな。うーん。親近感。
ロック少女になりました。

## つぶやき（12月だね〜）　1999年12月06日（月）

最近はなにかといそがしい。ラジオの１人収録には慣れたきたけれど、ネタ集めが一苦労。やっぱり放送作家というお仕事が存在するだけのことはあるよね〜。なんて改めて感心するこの頃なのだ。

今日はネタ集めもかねて、餃子屋さんを２軒ハシゴしてきたぞ。ニンニクたっぷりの阿佐谷にある「なかよし」の餃子のおかげで、マネージャーにうつされた咽の風邪も完治しそうだ！　わ〜い。でもその分私は非常にニンニク臭いはず。帰りの電車が混んでいなくてよかったよん。ニンニク臭い人と隣り合わせになると地獄だもんネ（平気だったよね？　たぶん）。

クリスマスが近づいてきましたね。OLIVE STUDIOはクリスマスの飾り付けも終わりすっかりいい感じです。でも、誕生日と年末が近づくと必ず憂鬱になるのは私だけでしょうか？　ねえ。

## おっとやってしまったぞ　1999年12月09日（木）

私は計画性のある人間です。なので無駄使いとかあんまりいたしません。が、しかし１つだけ抑えの利かないものがあります。それは楽器です！ああ、またやってしまった。ひえ〜。超衝動買いだ〜。
　　　　　　　　　　　　　　　　　　　　*14

*13　11/30を私は一生忘れない。SADSのライブを見て自分の中で１つの答えが出た。帰りのタクシーでマネージャーに「今のプロデューサーとはどうしても一緒にやれません」と言った。「それって事務所もレコード会社も失うことになるけどいいの？」彼は言った。SADSから感じた☞

それは渋谷に新しくできた楽器屋サンだった。何の気なしに足を踏み入れた。すると「あら〜、品揃えがいいじゃない！」ギターのコーナーには、ピカピカの美しいギターがまるで博物館のように綺麗に並べられていた。するとそこに丸顔の店員さんがやってきて、「よかったら音を出してみてください」なんて言う。普段ならそんな言葉は愛想笑いで上手くかわすのだけれど、なぜか今日は足が止まってしまった。なぜだろう、どうしてだろう、うーん。
「唄いながら弾くにはモッテコイのギターですよ。お目が高い！」とかなんとか煽てられたからではないのだけれど、私は1本のギターを握り締めていた。もうここまできたら咽の奥に針が刺さった鯉みたいなもんだ。

今、私の後ろには黒くてピカピカで可愛らしいギターちゃんがチョコンとお座りしている。あ〜やってしまった。でもでも一杯弾いてちゃんとモトを取るもんね。で、でもローンが……。

## つぶやき　1999年12月25日（土）
『グッド・ウィル・ハンティング』をビデオで観ました。感涙にむせんでおります。いい映画だ〜。出てくるミニー・ドライバーの笑い方が好きだ〜。また1つ心の友ができたよん。『ショーシャンクの空に』『恋愛小説家』『カミーユ・クローデル』『ライフ・イズ・ビューティフル』それにこれ。

## 1999をふりかえって　1999年12月26日（日）
ふりかえろうと思ったけど、
やっぱやめた。
今日は。なんか。

## 今年はどうもありがとう　1999年12月31日（金）
今年は本当にどうもありがとう。

"NOと思ったら絶対にNOだ！"というエネルギーが「それでも構いません」と私に言わせてくれた。言えて良かった。そして悲しかった。

なんか波乱万丈な1年でした。来年もそうなりそうだけどね。
*15

年越し蕎麦は長寿の意味もあるけど、その年の悪い出来事を絶つという意味合いもあるそうです(ラジオで喋ったネタだよ)。みんなで食べて来年は不景気もバイバイしてくれるといいよね〜。
さてさて、実は年末って必ず憂鬱になるワタクシなのでした。前にお正月はホステスさんの自殺が多いってテレビで見たことがあるけど(私はホステスか?笑)、確かになんか色々考えちゃうよね。去年の今頃は……とか一昨年の今頃は……とかね。まあ来年はより良い1年になることを祈りましょう。
今年一番に嬉しかったことはやっぱりマキシが発売できたことかな。買ってくれた皆さん本当にありがとう!! では良いお年を!!

*14 偶然とはすごい。この日衝動買いしなかったら今の私はギター1本でのライブなんてやっていなかっただろう。この時は弾きながら唄うどころかアコースティックギターの構え方すらわかっていなかった。でも今では私の一部となっているこのギターに出合い、私がギターに育てられたんです。楽器との出合いも人との出会いと同じぐらい運命を感じます。

*15 ソニーミュージックアーチスツから「デモテープ、けっこう良いよね」なんて電話があったのが'96年の年末。それから3年。「今までの時間は何だったのか」という虚しさと絶望感、早くこの辛い日々から抜け出したいという思いが混じり合った複雑な年末だったことを覚えている。

2000年
ながい夢の終わり

## 気がつくと　1月9日（日）

新年あけましてオメデトウございま〜す。ラジオの正月特番も1人で1時間をなんとか乗りきり（良かった良かった）、正月は映画を1人で観まくっていました。オススメは『ファンタジア2000』かなあ。あれってミュージッククリップの元祖だよねー。『魔法使いの弟子』は何度観ても楽しめる。あんなに曲とホウキの行進がマッチするのが、笑えるくらいスゴイ。

ちなみに初売りっていうのに初めて行った。新宿のタカシマヤはスゴイ人人人人……。でも幸運なことにPapas CAFÉは空いていて、おいしい紅茶を飲んでホッと一息。なんかそういう瞬間って一番幸せを感じるのだった。新春早々、メデタシメデタシ。

## つぶやき　2月1日（火）

このあいだ『ウェディング・シンガー』っていう映画を観たおかげで、80年代の音楽がmy boomになってます。
『フットルース』のサントラCDを昨日お店で見つけて思わず買ってしまいました。当時の私はダビングしたカセットテープしか持ってなかったから、初めてCDで聴いてみて「おおお、こんなに音が良かったのか！」と感動してしまいました。懐かしい……。
まだ小学生のジャリンコで英語もハニャモラゲだったけど、とにかく歌を口ずさみながら真っ暗な天井を見上げて眠りについていたことを思い出しました。曲順までちゃんと覚えていて、「あ、ここでB面にするんだった」とオートリバースがデッキに付いていなかったことまで思い出しました（笑）。
"I'm free"がイチバン好きです。

## ライブハウスって　2月10日（木）

今日は友人のライブを覗きに吉祥寺の曼荼羅へ行った。

---

*16　ラジオの特番をなんとか乗り切ったけれど、「もうCDが出ることもないのに、こんなに一生懸命やって何の意味があるんだろう」っていう気持ちも正直あった。自分を誇りに思えなくなっていた。なんて暗い新年なのだろうか。

アコースティックだったからおとなしく見てきた。シンプル・イズ・ベストな感じでなかなかヨカッタ。が、静かな一番いいところでお腹が「ググー」と鳴って「あれれ、何か食べてくればよかった！」とひどく反省。隣の人は気づいただろうか？「おならじゃないよ」と心の中でつぶやく。

ところでライブハウスって行ったことありますか？
昔から思うんだけれど、なんでライブハウスってあんなに入りづらいんでしょうね〜。慣れてる私でも、「どこで何をすればいいんだ？」と妙に緊張してしまう。実は吉祥寺の曼茶羅に初めて行った時、間違って裏口から入ってしまって、重たいドアを思いきってあけたらナントステージ！　しかも演奏中！　という大失敗をしたことがあります、私（笑）。

そういえば昔、目黒のHR系ライブハウスに毎日一番前に陣取っているお婆さんがいてケッコウ有名だったんだけれど、どうしてるんだろう？　あんな爆音に日々さらされて、健康に良いんだか悪いんだか。
でも私もお婆さんになったら見習いたいです。

## ねむい　3月1日（水）

ここのところ曲を作ったり、なんだかんだで寝不足です。昨日なんてとうとう「エスタロンモカ」に手を出してしまいました。あれって効くけど体にはキビシそうだよねぇ。翌日まで排泄物はコーヒーの香りが漂ってました（あっ、こんなこと言っちゃった）。
更にセブン-イレブンのドリンク剤コーナーは全種類制覇しましたよ（自慢にならない？）。「ビタシーゴールド」が結構気に入ってます。でもドリンク剤ってなぜか体に悪そうな気がするのは、飲む時の体調があまりにも悪いからでしょうかねえ。

先日、明け方にセブン-イレブンに行って、仕事の書類を送って、お粥とドリンク剤を2本買ったら、バイト君におもいっきり気の毒そーうな顔をさ

---

＊17　先日、この時に作った曲を聴いてみたけれど、痛々しくて音楽として聴けるものではなかった。ただ曲として作りたかったテーマは数年後に曲になった。「ながい夢に終わりがあっても、いつも心に太陽を」

れてしまいました。そんなに疲れた顔をしてたかしら？　と家に帰ってから鏡を見たら、素っピンなので眉毛がありませんでしたとさ（笑）。
今度から眉毛はちゃんと描いてからコンビニに行かねば！

## 歌舞伎ってすごいね　3月21日（火）

歌舞伎って観たことあります？　銀座の歌舞伎座で初めて観てきたんだけれど、ちょ～感激‼　もともと私は時代劇とか大好きなんだけど、まさかあれほどとは。おそるべし伝統文化。
イヤホンの解説を聴きながら観ると着物や隈取りの説明とかが聴けるので、ただ観てるだけよりも何倍も興味が深まっておもしろいですよぉ。1つ1つのものに「意味」があるなんてフランス映画みたいだよね。
私が観たストーリーは悲劇だったんだけど、あんな大袈裟なお芝居なのに気づくと涙が出ちゃってて自分でビックリしました。しかも、隣に座っていたおじいさんとかもオイオイ泣いていたので更にビックリしました。いつのまにかお話に引き込まれていたのね。やっぱすごい。

ちなみに松本幸四郎さんって本当に歌舞伎役者だったんですねえ。テレビドラマのイメージしかなかったからさぁ。
ぜったいまた観に行くんだあ。

## 奇跡の人　3月25日（土）

菅野美穂さんと大竹しのぶさんの「奇跡の人」の舞台を観てきました[*18]。とてもエネルギッシュな舞台で想像以上でしたよ！
子どもの頃に本で『ヘレン・ケラー』を読んだときは「かわいそうな人だなあ」ってただ思ったけど、今、改めて感じるのは、
「心の中を他の人に伝えられることは素晴らしい！」
それって、言葉の障害がない私も上手くできなくていつも苦しんでることだから……。
去年のレコーディングで、それまで一人で曲作りや自宅レコーディングを

---

＊18　この頃、直接プロデューサーに辞める意志を伝える最後のプロセスがあった。「僕とできないなら音楽を辞めてほしい」彼は言った……。絶望した私を励まそうと、家族や友達が歌舞伎や演劇に誘ってくれた。世の中はもっと広くたくさんの出会いや可能性があるんだよって。

してきた私は、初めて他人との作業を経験しました。初対面のミュージシャンの人達に「言葉」で自分の中にある「イメージ」を伝えなくちゃいけない！　でもどんな言葉で伝えたらいいのかわからなくて、とても困っちゃいました。時には言い方が悪くて誤解が生じたり……。
お芝居の中で、言葉を持たないヘレンがイライラして暴れる姿を見て、「あー、わかるこの感じ」と私はその時の自分を思い出しました。

伝えることを絶対に諦めないガッツを持ったサリバン先生は、すごいパワーのある人だよね。でもそれがヘレンのためではなく「自分自身の生活や誇りのため」って言ってるところが人間的で魅力的な気が私はします。

## 思い立ったが吉日　5月6日（土）
突然ですが、旅に行ってきます。
初めての一人旅。大丈夫か〜？
まあなんとかなるでしょう。
なので1週間ほど留守にします。
無事に帰ってきたら報告しますね〜。
でわでわ。ロンドンへ、ゴー！
*19

## 帰ってきました　5月14日（日）
無事に帰ってきました。
いやー、色んなことがあっておもしろかったよ〜。
一人旅もいいもんだ。
しかしこのタンポポ頭のおかげで色んなことがあったよ。ホントに！

## 健康な魂　6月6日（火）
今日は久しぶりに水泳をしてきた。1年前に隣の駅のスポーツクラブに入ったのになかなか行けない。いっそやめようかな〜って思うけど、こうして行ってみると「健全なる魂は健全なる身体に宿る……」なんて格言を実

---

*19　3月末日で事務所も何もかもを辞めた。というより終わった。すべてが終わった。4月に入るとすぐに1人でロンドンに行ってみようと思った。自分が尻込みしているのをなんとか乗り越えたいと思ったから。そして、スケジュール帳が急に真っ白になるのが本当に怖かったから。

感したりする。

プールではたくさんのオバアサマ、オジイサマが元気にザブーンと泳いでいる。久々に泳いだ私は5往復もすると息が上がってしまって、「情けないわ〜」とプールの横にあるジャグジーで一休みしながら反省する。
それにしても最近の中高年は若者よりもよっぽど元気でたくましい！　たぶん毎日ココで運動をしているからなのであろう、肌もつやつやで脚も筋肉でがっちりしている。一歩間違えばヨード卵「光」のCMだ。
そう言えばこの間、台湾式フットマッサージを受けた時、私の足の裏は押すとこ押すとこ全部が痛くって「アナタ、ワルイトコバカリネー！」と言われてしまった。思わず「私も年かな？」なんて言ったけど、〝お年寄り＝不健康〟というのは全くの偏見だった。しかも、マッサージ師の人は私のタプ〜ンとした柔らかいふくらはぎを「マッタクキンニクガ、アリマセンネ〜。ガッハッハ」と人さし指でプルンっと突っついて大笑いしていた。

やっぱりスポーツクラブをやめるのはよそう。

## 鬱病　6月9日（金）
最近やらなきゃいけないことがたくさんある。
なのにまったく手に付かない。というかできない。
困った〜。
実はこんな状態が半年以上前から続いている。
一度歯車がずれるとなかなか元に戻せないものだなあ。
さてどうしよう。
原因はハッキリしてるけど、
どうすればいいかはわからない。
というかどうしようもない。
弾みとか勢いをつけないとズレを戻すことはできない。

*20　ロンドンで自分の価値にちょっとだけ気づいて元気が出た。でも数週間もすると暗闇に引き戻された。何もかもなくなって何をしたらよいのかわからず、でも何かをしなければという強迫観念に追い立てられて苦しかった。生きがいを持ったお年寄りが正直羨ましかったのを覚えている。

それができる人はちゃんと生活できる人で、
それができない人は「こまったちゃん」になるのだろう。
最近ニュースになる人達の中には、そんな人もいるのかもね。
さて、私はそうならないために何をしよう?
もうすぐ新しいMacが届くのだ!!
これで弾みがついて前のように戻れるといいんだけど……。

## 憧れのクルルンまつげ　6月11日（日）

高校生のクラスに、まつげが長くてしかもクルンッとカールしていて目元がばちっとしたコがいた。当時、ヘビメタ娘（笑）だった私は「てやんでーい」と思っていたけど、どこかで羨ましさを感じていた。

今日、原宿にあるサロンで〝まつげパーマ〟というものをかけてきた。話には聞いていたものの、その強烈な威力に驚いた！　あの憧れの「パッチリまつげ」が手に入ったのだ。毎日、ビューラーで頑張ってカールしても５分ともたなかった私のまつげが、まばたきのたびに「ぱちり」と上を向いている。嬉しくなって原宿に住んでるMの家へ自慢しに寄ってみた。

「ねえねえ、いつもと違うのわかる？」
「何が？」
「ほらほら、マツゲ!!」（パチパチッ）
「マツゲ、少ないね〜」
「…………」

確かに、カールしたのはよかったけど、まつげが扇状に広がった分、私のまつげの薄さが目立つようになってしまったのだ。う〜む、「まつげパーマ」の次は「まつげ増毛」か？

　帰り道ドラッグストアでまつげが増えるというジェルを買ったことは、い

---

*21　この頃、ひどく無気力で泣いてばかりいて寝込んでいた。病院に行くことを考えてなかったけど、さっさと行けばよかったと今は思う。10年越しの夢が壊れたんだから辛くて当然だった。

うまでもない。

## エラ・ニキビ　6月17日（土）
「今朝から首のニキビが痛くってさー」
「二十歳を過ぎたらニキビって言わないんだよーだ！」
そんなこと言われたって、ニキビなんだからしょうがないじゃないか～。
別に若ぶってるわけじゃないけど、オデキとか腫物とか、他の言い方は馴染みがないんだもん！　でも確かにココのところ悩まされてるニキビは、青春のニキビとは様子が違う。

3年ほど前から、人生最悪のストレスを抱えている私の体はアチコチに故障をかかえている。ニキビもその1つ。
*22
・なぜか首とか耳とかにできる（耳の中はとくに痛いっ）。
・地下からマグマが上がってくるようにゆっくり確実に大きくなってくる。
・とにかく痛い。治りが遅い。痕も残る。
ほらね！　けっこう深刻でしょ？　できる場所から、私は「エラ・ニキビ」と呼んでいるんだけれど（笑）、何か治すいい方法はないんだろうか？

そういえば「ストレスは女をダメにする」って、どっかの整体の先生が言ってた。確かにそうだよね。胃が荒れると指に逆剥けができるし、寝不足になると目の下に隈もできる。肩こりがひどいと頭痛もするし目つきも悪くなる。お～こわっ。
そうか！　ストレスのない生活をすればいいのか～！
うーむ。
それが一番、難しい。

## ストイック　6月23日（金）
やっとこさ、届いた新しいMacの環境が整理できた。
登録カードやら保証書やら説明書やらをファイルしていて、大昔の資料を

---

*22　ストレスって顔に出る。当時ひどかったニキビも、自分のペースで音楽活動できるようになってくると嘘のように悩まされなくなった。2000年は本当にストレスの標本みたいな体だったと思う。ストレスは女の敵だよねぇ。

多量に廃棄した。1999購入。1996購入。1993購入。1991購入。
気がつくとなんと5台目のコンピュータなのだ！　今まで幾ら使ったんだろ？　お金。ひぇ〜。

お陰で思えば、かなりストイックに暮らしてきたかも……。
飲み会なんて行ったことないし、成人式とかイベントもやってないし、外ごはんもバリューセットだし、内ごはんもパスタばっかだし。今年になってヤケ酒ならぬヤケ旅行には出かけたけど、ほとんど「見てるだけぇ」の世界だったし。
全てはこいつらのせいだ〜〜〜！　バシバシッ（←Macを叩く）。
でも、待てよ？
彼らほどカワイイやつらもいないんじゃないか。
何時間働かせても文句1つ言わんし（固まるヒトもいるけど）、記憶力も良いし、賢いし、真面目だし、けっこう変なコトもできる。もし彼らがいなければ私は曲作りも、ジャケット作りも、HPでのネット販売も、ラジオの番組録りも、スケジュール管理も、うっぷんばらしも、何にもできなかったかもしれない。
なでなでなで、すりすり（←Macに頬ずり）。
ちょっと手もかかるし、金もかかるやつだけど、仲良くしていこうっと！

ところで、保証書って皆さんどのくらいの期間、保存してるんでしょう？

## 友情と食べ物　6月27日（火）

「朝ごはんの配給ですよ〜！」
朝からMが遊びに来た。いつも美味しいものを届けてくれるMは北青山（表参道駅のそば）にあるnews cafeのモーニングセットを持ってきてくれた。これがまた……、私の大好物「ハニーバタートースト」が入った、すばらしいモーニングなのだ。ハニーバタートーストをまだ御存知ない方はぜひ早くチャレンジしてほしい逸品です！

*23　初めて秋葉原で購入したのはATARIというパソコン。当時は節約するために本体と別売りのハードディスクを買わず、フロッピーディスクから毎回起動していた。技術の進歩ってすごいですよね。

正方形の食パンを切らずにそのまま外のミミの部分がカリッとするまでコンガリと焼き、焼けたら一面を切りたっぷりのはちみつとバターをのせるとできあがり（たぶん、こんな感じ）。なーんだ、簡単じゃん!!と思うけどnews cafeのは、パンがスコーンに似たパンで非常に美味しい!!
そうそう、あれはホームベーカリーで焼いたパンに似てるかも。もっと言っちゃえば、ホームベーカリーで発酵不足で失敗作になってしまったパンに似てるかも!!（←でも、これ美味しいんだよ）
なんにしても一度食べたら病みつきですぞ。

朝からこんな美味しいものを食べられるとは、なんたる幸せ！　いつもながら気が利くMには感謝するのだった。
「今度来る時は買って来て〜！　ってmakoが電話で言ってたじゃない！」
そうか、私が図々しいだけか（おはずかしい）。
「ごめんねー。でも今度遊びに行く時は、キルフェボンのケーキを買って行くからさ〜」
友情は食べ物でつながっているのであった。

「news cafe」は表参道交差点の銀行の角を渋谷側に歩いていってすぐ、最初の細い路地にありますよん。
ハニーバタートーストは本当に美味しい。

## 渦巻きフェチ　7月8日（土）
今朝は台風が去って東京の空もクッキリと青く晴れ渡り、とても良い天気になった。夕べNと電話した。
「台風が来ると眠れないんだ〜」
「あれ？　Nって怖がりだったっけ？」
「ゼンゼン」
「怖くて眠れないんじゃないの？」

＊24　甘党の私は表参道でお茶をする時にはnews cafeか、キルフェボンのケーキを食べに行く。キルフェボンのケーキはたくさんの種類から選ぶ楽しみと、絵に描いたようなデザインを眺める楽しみと、もちろん美味しく戴く楽しみが揃っていていつも私をハッピーにしてくれるんです。

「ちがうよ。台風情報をずっと見てて眠れないの！」
「何がおもしろいの？」
「刻々と変化する渦巻き!!!」
　　　　　＊25
「…………」
渦巻きフェチなのね〜（笑）。
Nがそう言うから、私も夕べはずっと台風情報を見てしまってすっかり寝不足です。
確かにハマル。

## 金は天下の回りもの　7月29日（土）

渋谷へ行くために地下鉄でチケットを買おうとしていたら、何度入れても返ってくる十円玉があった。
「もーう、急いでるのに〜」
あわててお財布から別のお金を出して購入。電車に乗ってから恨めしそうにその十円玉を見てみると、すり減って薄くなった「昭和26年」の文字。
「あれまー！」
こんなに昔のお金が出回ってるなんてびっくり！　よく考えてみると半世紀もの間、想像できないほどたくさんの人の手に渡って、今私の手の中にある。すごく不思議な気がする。私なんかの生まれるずっとずっと前から旅をしているこの十円玉が、とても素晴しく思えた。記念にとっておこうかとも考えたけど、
「いつまでも現役でがんばってください！」
そう思いながら、本屋さんで彼を見送ったのだった。


金は天下の回りもの。

## 誰かいます？　8月10日（木）

ネット生活も最近かなり充実してきたけど、なんか時々空しくもなる。
例えばYAHOO！で検索していて、同じようなHPが山のように出てきた時。

---

＊25　渦巻きと言えば、私は洗濯機がグルグル回るのを眺めているのがとっても好きです。

大昔に読んだ、SFの短編小説にこんなのがあった。

　そこは、未来の世界。
　テレビのチャンネルが数えきれないほど増えている。
　あるチャンネルで生放送中に殺人事件が起きた。
　その模様はそのまま放送されている。
　ところが誰も助けが来ない。
　誰もその放送を見てる人がいなかったから。

なんか最近のインターネットはそんな空しさがある。
あ、それに私の釧路でのFM放送も。
何人ぐらい聴いてくれてるんだろう？
怖くなっちゃうから、考えるのよそっと。

## 時間の法則　8月14日（月）
<u>神戸の実家</u>に来てる。
*26
東京から新幹線にしようか飛行機にしようかさんざん迷ったあげく、伊丹空港へ飛んでみることにした。到着してみるとほぼ4時間。新幹線でも飛行機でも大差はない。なのに私には飛行機のほうが速い気がする。
なんでなんでしょ？

時間は一定ではないんじゃないか……。
そんなことを高校生の頃友達とよく哲学した。
そんなことを思い出した。
さてさて、ゆっくりするか～

---

*26　実家へは精神的に行き詰まって静養しに行ったのだ。家族がそばにいてくれることがどれほどありがたいか身に沁みた。同時に収入も断たれ、環境もゼロに戻ってしまったことに申し訳なさを感じていた。HPでは普通に振る舞っていたけれど、この時はすでに完全なヒキコモリ状態にあった。

## 比叡山でひえ〜　8月16日（水）

比叡山へ行った。
想像以上の広さとお寺の数に驚く。
しかも信長に焼き打ちされるまでは1000以上の寺があったそうな。
つまり「そこいらじゅうお坊さんだらけ」だったんでしょ？うーむ。
信長が脅威に感じるのもわかるような、わからないような。

信楽焼のパンダじゃなかった（笑）、タヌキの置物が急に欲しくなった。
何十匹も並べたら愉しいだろうなぁぁ。

## ナイター中継の醍醐味　9月3日（土）

「そんなに野球っておもしろいですか？」
HPの掲示板にそんな書き込みがありました。

今年のペナントレースも大詰めで、私はナイター中継とかおもしろいけど……。そうねぇ、興味のない人にとってはナイター中継なんて単にTVの普段の番組を飛ばすだけの嫌な存在だよね。「彼女が好きじゃないから、ナイターを見せてもらえない」とか「私は見たくないのに彼がナイターをずっと見ていてつまらない」とか、たまに相談を受けますねぇ。

これって「勉強嫌いの人に勉強を教える」ようなものだと思います。以前ラジオ番組で紹介した「寄生虫博物館」へ行った時、あんなに虫嫌いの私が、帰りには「また来たいー！」となりました。それというのも、一般の人にとって寄生虫のナニがおもしろいのか？　をちゃんと理解した学者さんが展示を作ってるからなんじゃないかと思うんです。つまり、相手にとって野球のナニがおもしろいのかをちゃんと理解して教えてあげると、誰でも結構ハマルんですよ。きっと！　もちろん人によっておもしろ味を感じる部分は違うから、その部分の見きわめが大事だけどね。

---

＊27　目黒駅から徒歩10分ぐらいの場所にある寄生虫博物館は入場無料。なぜかカップルがデートの途中に立ち寄ることが多いらしい。ネックレスとかの寄生虫グッズもあって楽しいですよ。

私が最近ナイターのおもしろいと思うところ。
・三振して戻ってくる選手がベンチでどの位置に座るか。
・改名した選手を探すこと（姓名判断で占うんでしょ？）。
・ネット裏に座ったカップルの人間関係を詮索＆勝手なアテレコ。

ほーら、楽しいでしょう？

## 草津でイタリア？　9月15日（金）

パスタメーカー主催の懸賞に当たって「イタリアンフェア・草津の旅」に
行ってきた。
「草津よいとこ一度はおいで〜♪」とはよく言った！　ほんとに良かった
よん（行き帰りにはひたすら土産店に連れ回されたけど……）。温泉って
北海道に住んでいた時に何度も行ったけど、あんなに綺麗なお湯は見たこ
とがないなぁ。エメラルドっていうかハッカみたいなブルーで、思わず舐
めてしまいました。うっ、まず！（笑）

「湯もみ」って知ってます？　お姉さん（おばさん？）が板でお湯をかき
回すアレです。もちろん体験してきました。なんか童心に帰った気分で草
津節を唄いながら、はりきってゴー!!　とっても楽しかったです。参加者
がもらえる賞状に「5回参加すると、湯もみ免許皆伝証を贈呈」って書い
てあるのよ。これは免許皆伝を目指すしかないかっ！

そうそう、イタリアンフェアの文字はいつのまにか消えていました。集合
場所でバスの看板には確かに書いてあったはずなのに、旅館や土産店では
いつのまにか「スペシャルツアー・草津の旅」という名前にすり替わって
ました（笑）。「あ、やっぱりイタリアは関係ないんだあ。がっくし」何か
強引にイタリアに引っかけたものが出るんじゃないかと期待していた私は
ちょっと残念。でもどう考えても「イタリアンフェア・草津の旅御一行様」

＊28　草津の旅館の女将さんが夕食の挨拶の時に「懸賞に当たった運の良い皆さま！」と言った。
私は自分のことを運が悪い人間だとずっと思いこんでいたので、妙に驚いたのを覚えている。

って変だもんねぇ〜！

## あんた何者？　10月4日（水）

Zepp TOKYOでのノーダウトのライブに2回も行ってきた。
私は前方のまん中に陣取って、これでもか〜っというほど盛り上がってみた。メニューが1日目と2日目とちょっと違って、どちらも楽しかったよん。

しかし……、隣に立ってたお兄さんにはちょっと腹が立ったのだ。たまにコンサートとか行くといるんだよねー、腕組みしたまま仁王立ちで、好きで観に来てるとはとても思えないお兄さん、おじさん達が！
彼らを「偵察くん」と私は呼んでいるんだけれど、彼らは業界人、もしくは楽器とかやってる人で、研究もしくは偵察を目的としてライブを観に来るんですねぇ。
それ自体は別に構わないと思うんだけど、一歩間違うとすっごーいマナー違反だよねえ！　後ろとか隅っことかで「ロウ人形状態」なのは、まあ許すとしても、前方のまん中でわざわざ場を盛り下げることはないじゃんねぇ！
ちなみに私の隣のロウ人形Aは、ギュウギュウの場所なのに私と体がちょっと触れるとガン飛ばしてきたり、熱気でムシムシしてくると、なんと！彼は大きなカバンから制汗スプレーを不機嫌そうにとりだして「シューシュー」始めちゃったんです！　あぜーん。

きっと彼は、機材の研究とか音響の研究とか何らかの偵察をするために前のほうに陣取ったのでしょう。でも、他人のライブを楽しまないような彼みたいな人間がもしどんなビックネームになったとしても、アタシは観に行かないぞー!!
なぁんて思ったのでした。ぷんぷんぷん。

---

＊29　他の出演者や業界人が客席の真ん中で腕組みして、とってもつまらなさそうにしている姿を見ると腹が立つ。あなたが寿司屋だとして、満席のカウンターで客として来た仕入れ先の魚屋のオヤジが寿司を食べながら煙草をスパスパ吸ったとする。どうですか？　そんな感じです。

## 私は竹の子　10月12日（木）

新しい曲をHPで聴けるようにしてみた。といっても何年か前にできていた曲なのだ。だから作業しながら自分で「なちゅかし～！」なんて妙にハイになってしまった。ほらほら小学校の時の作文を見つけた感じだよ！
前に引っ越しの片づけかなにかで偶然に中学生の頃の作文が出てきたんだけど、時間が経ってから読むとなんか自分が書いたものなのに「へー、意外！」って他人の物を読んでるように感じるから不思議だよね。自分の曲も同じ感じだよ。

能力って竹の子みたいに伸びるんだね。竹の子って短い時間では動いてるかどうかもわからないのに、3日ぐらい過ぎると驚くほど大きく変化してるでしょ？　私の能力の場合は、それが成長か老化か、進化か退化か、よくわからないけれど。変化してるのってけっこうおもしろいと思うなぁ。

## 買ってないからねぇ　10月21日（土）

「とりかぶと」ってすごい毒なのね～。怖いわ～、使うことも使われることもない人生を送りたいものだとつくづく思う（笑）。
*30

夜、近所のマーケットへお買い物へ行った。ここは入り口にお花屋さんがあって今日はとても綺麗なブルーの花の鉢植えが売られていた。
「わぁ。きれーい！　あとで買って帰ろうかな。なんていうお花だろう？どっかで見たことあるけど……。あっ！」
そこには、「とりかぶと」の名前が！
先ほどニュースで映っていたブルーの花だったのです。
このお店。わざとだなぁあ……（笑）。

## 手乗りmakoちゃん　10月23日（月）

ところで幽霊マンション、大変みたいだね。

---

＊30　2000年。実は本気で消えてしまいたいと何度か真剣に考えたことがある。とりかぶとのニュースや幽霊の話に必要以上に反応する自分は、実はちょっと危険だった。でも音楽のためだけに10代から邁進してきた私にとってそれが途切れてしまったことは、命に関わるほどの絶望感だった。

本当に心霊現象なんだろうか？
ほかに原因がある気がするんだけれど……。

でも、もし幽霊が存在するんだったらそれはそれで私は嬉しい！　だって
もし自分が死んだとしたら、手乗りサイズになってコロポックルみたいに
好きな人のポケットに隠れて、ずっとそばにいて遊べるんだもん！
……と言ったら「今のうちにハッキリ断っておく！」と会う人、会う人、
みんなに言われた（笑）。
ふんっ、祟ってやる～～。

## 色んな日記　10月26日（木）
HPで日記を書き始めてから、まる２年が過ぎました。
三日坊主の私がよく書いたものだなあ。

この間、本当に色んなことがありました。
   *31
手作りでMDを発売したり、プロダクションと契約したり、レコード会社
が決まってレコーディングをしたり、デビューが直前に流れてしまったり、
ラジオのパーソナリティーを始めたり、インディーズからCDを発売した
り、すべての契約がなくなって、数年前の「振り出し」の状態に戻ってし
まったり、ロンドンに一人旅をしてみたり……。

まあ。まあ。まあ。まあ。本当に色んなことがございました。

そんな日々も日記というものを書いているお陰でゆっくりとふりかえるこ
とができるのね。一番楽しかった時の書き込み、一番辛かった時の書き込
み、どちらも一生懸命に書いてあります。最近になって何度も読み返して
るうちに「そんな自分を誇りに思えるように、もっとがんばっていこう」
と思えてきました。
そう！　本当に自分のための日記なんだよね。

---

*31　９月末から心療内科に通い、薬を飲んでいた甲斐があって、ひどい落ち込みから少しずつ抜
け出した。それは、立ち直るというより頭の中にこびりついていた痛みが退いた感じ。鬱病が心の
風邪と言われるのがよくわかる。大雨の中、傘もささずに何年も濡れていたら風邪ぐらいひくよね。

これからも続けるぞ。

## 1本の電話　11月2日（木）
Sからの電話で起きる。
*32
会社を辞めて1ヵ月間イギリスを旅してきたらしい。
Sは数回一緒に旅をしたことがある貧乏旅行友達。彼女は語学堪能＆ほぼ手ぶらで旅する（私もけっこう荷物少ないんだけどネ）旅行の達人だ。
「スコットランドが良かったよー、クロテッドクリーム美味しかったし」と彼女は言っていた。ロンドンではユースホステルに泊まったらしいが、B&B（ロンドンで私が泊まったような安宿）よりもキレイで安いわりには良かったそうだ。私も次回ロンドンに行ったらユースに泊まってみよう！

彼女は更に今月末に東南アジアのどこかへ旅してくるらしい。
「一緒に行かない？」
うーん、時間はあるけど薄ーい財布を見て悩むアタクシであった（笑）。

## 東京は寒い　11月21日（火）
ただいま午前3時。怖いぐらいの大雨。
植え替えたばかりの鉢植えは大丈夫だろうか？

ここのところ、他人の家探しに駆り出されたり、新しい機材の使い方を覚えたり、あれしたりこれしたり……と多忙な日々を送ってます。予定がいっぱいあるのは幸せなことで嬉しいけれど、体が寒さについていけなくて辛いです。
私って札幌育ちだけれど寒がりです。
どうも北海道出身の人は東京の寒さに弱いらしく「家の中が寒すぎる」とみんな言っています。そうだよね、私の家はお風呂もトイレも暖房が入っていたモン！（←エネルギーの無駄遣いとも言う）
暖かいところへ行きたいなぁ。

*32　友人のSにはいつも助けられる。彼女は私と正反対の性格で夢とか目標とかを持たない。それに周りと自分をまったく比較しない。だから彼女と一緒にいると驚かされることが多いと同時

## 男と部屋　11月26日（日）

今日もNの部屋探しに付き合った。
彼女は引っ越しが好きらしく2、3年ごとに引っ越している。探すたびに自分の欲するものが変わるらしく、ほとんど同じような部屋には住んでいない。今の部屋は広いのだけれど極度に古いので、あちらこちらに「あちゃー、もうだめっ」という問題点が出てきたらしい。

しかし新しい物件も見ていくとどの部屋にも難はある。日当たりが悪かったり、駅から遠かったり、狭かったり、冷蔵庫が置けなかったり（笑）、家賃が高かったり……。
そのうち我々は「男探しとおんなじネ！」なんて笑い出してしまった。相手の悪いところも良いところも知って、それでも好きか？　どうよ？　という感じ。

昨日やっと「それでも好きっ！　たぶん大好き！」という部屋に出合えたようです。Nよかったね！

ちなみに私は引っ越しが嫌いです。家中の家具や家電や機材をバラして、運んで、セッティングして……、考えただけでもゾッとします（笑）。でもカスタマイズしていくのは好きです。色を塗り替えたり、壁紙を張り替えたり、棚をつくったりはずしたり、色々と試行錯誤しているうちに「あら、こんな良いところもあったのね！」と惚れ直してみたりね（笑）。

それとモデルハウスを見るのが大好きです！　こんな風な家に住めたら、こんな風に暮らして、あんな風に暮らして、などと空想の世界に胸踊らせてポカーンとするのです。絶対に一生涯住めないような豪邸の中で!!
これを男女にたとえると、ドラマとかのハイソな恋愛に憧れるって感じなんでしょうかねえ（笑）。

に、自分の価値観を見直すことができる。そして安心できる。友達が大切なのは、自分と違う価値観を教えてくれるからなんだよね。

「家とは男女である」

## シンガポールにて　11月30日（木）
HELLO! makoです！
ここはシンガポールのネットカフェです。
*33
寒がりの私はSちゃんの誘いにノッテ、
はるばる南の国へやって来てしまいました。
誘惑に弱いのよん。
またパソコン見つけて書きますね。では。

## マレーシアより　12月8日（金）
皆さま、ごぶさたです。
私はバックパッカーになって、
マレーシアまで旅してきました。
*34
安宿は想像以上に汚く、
色んな出会いがありました。
これでもか！　というほどの貧乏旅行でしたが、
一回り成長して日本に帰れそうです。
明日は日本へと帰りますのでまたね。

## 日本より　12月10日（日）
無事に帰ってきたのであります!!
いやー、すっごい旅行でありました。

友人Sの「渡航費タダでいいよ」の甘い言葉に、すべての日常業務を放棄して急遽旅立ってみたのでした（あとが怖いなぁ）。
今回初めてバックパッカーとなり、「安宿」（ゲストハウスというらしい）に泊まる体験をしてみました。想像を超える安さとチープさに、けっこう最初はカルチャーショックでした。でも本当に心が満たされた旅でした。

*33　出発の1週間前に予定を立てて宿の予約もせず日本を発った。決まっているのはシンガポールに到着することと10日後の帰国の飛行機だけ。こういう計画は心配性の私には本来できない。友人Sのノビノビした価値観に振り回されるのはドキドキしたけれど、とても心地よかった。

とりあえず本日は、無事に帰国した報告まで。

## 風呂場の利用法　12月23日（土）

昨日、Nの引っ越しを手伝いに行った。

彼女の新しい部屋は荻窪駅から近くて、しかも新築という羨ましい物件だ。行ってみるとちょうど引っ越し屋のトラックが引き上げるとこで、部屋は運ばれたばかりの段ボールが山積みになっていた。

「何からやればいいか、わかんないよぉ」と、膨大な荷物の前でNが途方にくれていたので、さっそく私が荷物の分類をしながら指示を出し始めた。

「これはあっち、これはそっち、これは行き場がまだ決まってないなら風呂場に置いて〜！」「え〜風呂場？」

実はこういうの大好きなんです、ワタクシ。

普段コンピュータで曲のアレンジをしてるんだけど、そのやり方はこんな感じなんです。音の「座りのイイ場所」が見つかるまで試行錯誤を繰り返すのが私のアレンジのやり方で、「これはあっち、これはこっち、行き先未定の音は一時的にこっち」という、まるで〝お片づけ〟のやり方と同じなんです。

Nと2人でしばらく作業しては「やっぱこれはこっちだね〜！」なんて修正を繰り返し、最後に風呂場にたまった〝行き先未定の荷物〟の収納先を決定して、あっという間にイイ感じに片づけが終わりました。

「ねえねえmakoちゃん、風呂場を使うって、最初は驚いたけどいいアイディアだね〜」

「そうだ！　これからパソコンでも未整理書類のフォルダを『風呂場』って名前にしよう！」

こうして私のパソコンの画面に「風呂場A」「風呂場B」という謎のフォルダができたのでした。

*34　ふりかえるとマレーシアに行ったことで精神的に完全に健康になったと思う。ハードな旅の最中は、次にどうするかを考えるだけで精一杯で通り過ぎたことは忘れていく。これって動物として本来あるべき姿なんじゃないかな？　たまには忘れるってことも大事なんじゃないかと思う。

## 小さな幸せ　12月25日（月）

クリスマスの楽しみ。

ケーキ。ローストチキン。シャンパン。明石家サンタ。家族。
　　　　　　　　　　　　　　　　　*35

## 前向きな大晦日　12月31日（日）

20世紀最後の1日。
*36

実は今週で1年半続けたFMくしろの「HappyLuckySunnyDay」が終了しました。「いやー、すべて1人で毎週よくがんばったなぁ」とちょびっとホッとしたり、かなり名残惜しかったり、とても感慨深いものがあります。

来年はまた新しいことを始めようと、みかんを食べつつ思案中なのでお楽しみに。皆さん良いお年を！

*35　毎年、クリスマスに明石家さんまの番組を見るのが私のお約束だ。私はクリスマスやバレンタインなどのイベントに妙に反抗的な意識とちょっとした孤独を感じる。そういう日にわざと不幸な話を集める明石家サンタの感覚が好きだ。絵に書いたような幸せなんて信じられないもん。

*36　2000年の大晦日、私はバンドを始めることを決意してインターネット上でメンバー募集を始めた。実家のパソコンに向かって「MAVERICKver4.0」というロゴを作ってホームページを立ち上げた。やっとまた歩き始めようとしていた。不安よりも希望が見えた。だって21世紀が始まるんだもん。ゼロから新しいことを始めるにはもってこいだ！

# ロンドン日記

5月にロンドンに行こう！と決めたのは4月にずいぶん入ってからでした。
そんな急に決めたのは、1人で行こうかどうしようか迷っていたから。
でも、何かを思い立つ時ってそんなもんでしょう？
いきなり毎日が慌ただしくなりました。あれもしなくちゃ。これもしなくちゃ。
みんなの心配をよそに、旅支度はちゃくちゃくと整うのでした。
（BGM…The Crash/London Calling）

## ロンドン到着
5月7日。成田から12時間、機内食約3回、時差8時間、やっとのことでヒースロー空港に到着！
空の上ではロシアのでかさに驚き、北欧のフィヨルドを観察し、ドイツ（？）の畑の美しさにホレボレしながら、座席の窮屈さにじっと耐えておりました。
12時間って長いよね〜。
1人で何も喋らずにいることがオシャベリ人間のワタシには一番こたえました。よっぽど機内から誰かに電話しようかと思ったもん……。

ヒースロー空港は思ったより愛想もなくシンプルで、あずけた荷物を受け取るといつのまにか、ヒースローエクスプレス乗りば……。
そうそう、イギリスの入国審査はきびしいと聞いていたけど、こんな（どんな？）私でも別に何も聞かれませんでしたよ。
やっぱり善良に見えるのよ〜！　よかったよかった……。

## パディントンのホテル
ヒースローエクスプレスってすごいよ！　たった15分で着いちゃうんだも

ん。
パディントン駅は改札とかがなくて、映画で見るあっちの駅そのもの(あたりまえか)……。開放感があって気持ちいいなあ〜……と思うまもなく、ホテルに行かねば!!
チェックイン、ちゃんとできるんだろうか? けっこう憶病者なので緊張しちゃうのだった。

駅からすぐのホテルに着くと、フロントには(聞いてはいたけど)変わった英語を話すイギリス人がいた。(移民なのかな?)
たいして心配することもなくチェックインは完了!! しかし……。
このフロントのオヤジがくせ者だった。。
「ワタシ、ニホンジンスキデス。12ガツ、ニホンニイキマス。ジュウショオシエテ〜」
みたいな感じで、あーだこーだ、と始まった! ロンドンで最初に会話する人間がこれじゃ頭痛いよねえ!
「アナタノ、アタマ、ステキデスネエ。ハジメテミル。カワイイetc...」
うるさいな〜もう! なんか憂鬱になりながら部屋に向かうのだった。

### 301号室

生まれて初めて見るような、すっごく小さい、しかもドアが前後二面についてるエレベーターに乗った。ステンレス製で、そういえば学校給食を運ぶエレベーターに似てるぞ!
私の部屋は3階、日本でいうと4階にあった。
部屋に入るとしばし呆然……。なんだこりゃ?
期待してたわけじゃないけど、エコノミークラスとはいえ、驚くほど狭い。しかも汚い。部屋のドアにはトイレの鍵みたいのが1個ついてるだけ。
「大丈夫なのだろうか? フロントは怪しいオヤジだし……」
ちょうど横になると顔の横にくる、壁の黒い大きなシミを見ながら一抹の不安を覚える。

びえ〜ん。こわいよ〜。

## ケンジントン公園

まあ、ビビってばかりもいられないんで、とにかく外に出てみた。
相変わらず、怪しいフロントのオヤジは「アナタ、トモダチ、ワタシ、ソノ、ヘアースタイルスキデス〜、カワイイネエ〜」とか何とか、またホザイてたけど、一転、外はものすごーくいい天気！
ロンドンって、どんよりした天気を想像してたけど、今日は青空が広がってる。それに、ものすごく蒸し暑い！（26度ぐらいはあるんじゃない？）
セーターばっか持ってきたのに、これじゃTシャツが欲しいわ〜。

まず初めは、ご近所散策ということで、「ケンジントン公園」へ向かいました。今日は日曜日なので公園はすごい人、人、人……。通りでは自分の描いた絵を売ってる人々がお店を広げてる。う〜ん。豪快！　作品より売ってる本人を見てるほうが個性的でおもしろい。
なんというか、オバサン達のお華の発表会を思い出してしまいました（失礼）。
ねえねえ、芝生って入っていいのぉ？？？
日本の公園って「芝生には入らないでください」ってよく書いてあるじゃない？　でもケンジントン公園は全部が美しい芝生で、しかも誰もがその上で横になったり、走り回ったり、サッカーまでしてるの！
実は、ホテルで知り合ったオカモトさんという方ともこの話で盛り上がった……ロンドンの芝生はものすごい元気で、まるでニラやネギみたいに大きくて青々しているのだ。
天候が芝生に向いてるのかもしれないけど、2人では「さすがはガーデニングの国。おそるべし英国！」ということで落ち着きました。だって、どこに行っても、お庭の草花がよく手入れされていて綺麗なんですもの。
「ケンジントン宮殿」は公園の隅にあって、今はダイアナさんもいないのでなんとなく宮殿の美しさにも哀愁を感じてしまう。あの当時よくテレビ

で映ってた門の前に行くと、フランス語やらスペイン語やらのオバチャン、オジチャンがたくさん観光に来ていて、みんなダイアナさんのことを話してるみたいでした（合掌）。

## 翌朝それは起こった
ワタシの泊まったホテルには朝食がついていた……といってもコンチネンタル・ブレックファストという「パンとジュースとコーヒー」みたいなシンプルなもの。
地下にある小さな食堂では、色んな国の人々が静かに朝食をとっていた。入り口で、いかにもアフリカンなウエーターさんと目が合ったので「グッモーニン」と軽くあいさつ。トーストを2枚、そしてグレープフルーツジュースを取って席についた。
すると……なぜか、さっきのウエーターさんがバターを私の席まで持ってきてくれた！
「あれ〜？　ちゃんと持ってきたのに〜、サービスいいなあ〜」
「サンクス！」と言うと、オニイチャンはニッコリ笑った。
まだ食べ足りないなあ……と思いながらも席を立ってエレベーターに向かった。
その時、何かがものすごいスピードで後ろを通った気がした。

例の給食エレベーターはゆっくりと3階へと上がっていく、ところが、なぜか1階（日本の2階）で止まるではないか？
「なんで？　上に行く人がいるのかな？」
すると、なんと地下の食堂にいるはずの、さっきのウエーターさんが乗ってくるではないか!!
「ハイ！　ステキナカミノケデスネ〜。ワタシGIGIデス。オナマエハ？」
なんだあ？　自分の故郷にいそうな私の髪形に懐かしさでも覚えたのか？
あまりのことに、"ma、mako..."と思わず答えてしまった。
しかし、エレベーターというのは密室。こまるよね〜。

「アノ〜、ケッコンシテルンデスカ〜?」
なんなんだよ〜、いきなり!　ハニカミながら訊くなよ〜!
こういう時は、どっから見ても独身の私でも、絶対に「してる」と答えるでしょう。
「ウ〜ン、ザンネンダナ〜。ソッカ、ケッコンシテルノカ〜」
残念そうに（このルックスで普通、信じるかぁ?）、彼はエレベーターでそのまま下へ降りて行ったのでした。ばいばーい。

あとから思うと、彼は意外とかわいいヤツだったのかもしれません。だって、普通ナンパは「結婚してるんですか?」なんて訊かないもんねえ。
あんまり声をかけたことがないのか、それともお人よしなのか……。

## 君達プロだったんだね

ロンドンに行く前に、唯一決めていたスケジュールは「テムズ川で船に乗ってタワーブリッジに行く」だったので、さっそくウエストミンスターのピア（船着き場）に行ってみた。
ここはビッグベンがあったりウエストミンスター寺院があったりと、なかなかの観光ポイントなので、世界中の観光客でごった返してました。
切符売り場はすぐに見つかったものの船がわかりません。どこだ〜船は?
そう思いながら橋をかなり急いで渡っておりました。
すると、なんだかさっき買った切符が気になりました。
「タワーブリッジまでって、ちゃんと言ったっけ?　グリニッジまで買ったような……」
確かめようとカバンに手をやりました。すると……。
誰かの手をつかんでしまいました!!「んん?」
ふりかえるとそこには小学校3年生か4年生ぐらいの女の子と更に1年生ぐらいの男の子と女の子の3人がおりました。
「もしかして〜。でも……」頭の中が疑問符でグルグル。
そうこうしてるうちに、彼らは何事もなかったかのようにどこかへ消えて

しまいました。
決して身なりも悪くない3人の子どもが「たぶんプロのスリだろう」、その結論に達するのに、ちょっと時間がかかりました。ダメだね〜あたし。
でも、まだカバンのチャックは開けられる前でした。それに、いちおう予想していたのでカバンに財布とかは入れてませんでした。
よかったけど、複雑。子どもだよ。悪びれてもいない。そのうち日本もこうなるのかな？　ユニセフがんばれ〜。

## タワーブリッジ

船に乗って良かったよ。天気も良くて気持ち良かったし！
せっかく解説してくれたお兄さんの話は、ほとんど理解不能だったけどね。
ディズニーランドのジャングルクルーズ風に、ジョーク満載だったらしく私の前に座ってたアメリカ人らしきオバチャンは「ガッハッハー」としきりにウケまくっておりました。
映画『恋をしたシェイクスピア』に出てきたグローブ座やらロンドンブリッジを見つつ、およそ30分で船はタワーピアに到着。
タワーブリッジの真下に来てみると、そのデザインの美しさにびっくり。それに橋の真ん中のつなぎ目が、ほんの数センチのすき間だったことにもびっくり。
とても美しく、そしてとても丁寧にできているんだよね。
昔は石炭の力で橋を上下させていたそうで、さすが産業革命の国。

## 旅行ガイドは現地の女の子

1人で食事に入りやすい店って東京でも限られるけど、知らない場所ではなおさら考えてしまうのよね〜。
空腹でフラフラの私はやっとの思いで、川沿いにあるデザインミュージアムのカフェでカプチーノとキッシュ（パイ）を食べました（意外と安くて美味しかったよ）。
ちなみにデザインミュージアム自体には入らなかったけど（予算の都合で

……笑)、売店ではモダンな文房具やキッチン用品なんかを売っておりました。

空腹を満たし復活した私は、近くにある紅茶のミュージアムにGO!!
受付には、日本だといかにもAfternoon Tea Roomで働いてそうな、お洒落な女の子が「ハロー！」と座っておりました。
「ソノカミノケ、イイナア〜。ドウヤッテルノ？」
いきなりその女の子が訊いてきました。
「アリガト〜。スパイラルパーマ、カケテルンダヨ〜」と答えると、「時間がどんくらいかかる？」とか、「手入れはどうすんの？」とか、「お金は？」とか、その後2人で、女の子トークを延々10分ぐらいしてしまいました。

私のエセ英語でちゃんと話が通じてるのが不思議だ。
女の子ってすごーい！
そして逆に、私が「どこでそんなかわいい服を買えるの？」と質問すると、そこから更に15分くらい、お洋服トークで盛り上がってしまったのでした。
「カムデンロック、サイコウナノ〜！　厚底靴イッパイアルノ〜！」
「サウスケンジントン。オックスフォードストリート、絶対イキナヨ〜！」
なんとロンドンでも厚底靴は流行っているのでした……。
それにしてもガールズパワーって、言葉の壁も超えるのね〜。

というわけで以後のスケジュールは彼女の勧めで全て決定したのでした。
ミュージアムはどうだったかって？　どうだったかなあ？

## オックスフォードストリート

午後3時、彼女に教わったとおり、オックスフォードサーカス駅で降りる。
すっごい人。休日の新宿か渋谷か……。
この後ずーっと、思い出せないほど、いろいろ見て歩いた。
普段そんなに出歩かない私にとって、記録的なことだ。

だっておもしろいんだもん。
ただ1つの問題を除いては、それは声をかけてくる人の多さ!
ここはイタリアか?(笑)
ちょっとウンザリした。
変な人も、変じゃない人も、年齢もさまざまだったけど、まあ、歯が浮くような言葉を、みんな平気で口にするもんだよね〜。
この問題は、ロンドン滞在中ずーっとつきまとったのだ。
まあ、こんなアタマじゃしょうがないケドねえ〜。

きっと。

## カムデンロック
昨日の彼女に教わったカムデンタウンへ、朝から行ってみた。
「土日に行かなきゃダメよ!」と言われたけど、日にちがないので、本日は火曜日。
やっぱりお休みのマーケットばかり。残念。
でも、MTVのスタジオがあったり、本当に厚底靴を売っていたり入れ墨屋があったり、おばあちゃんが手作りの薔薇石けんを売ってたり、美味しいアップルパイを食べたり、占いのお店があったり、なんとなく街が原宿ぽくて、ここのおもしろさにハマるのには十分でした。
今度は土日に行きたいなあ。
入れ墨もいれたいな〜。えっ、だめ??

## ダブルデッカー
カムデンタウンから、初めて二階建てバスに乗りました。
東京もこれにすればいいのに〜! わーい。
二階建てバスのメリット。
看板がよく見える。遠くまで見える。空いている。ただ、あんまりにも空いていて二階には、私ともう1人しか乗客がいなかった。

しかもその人が、ずーっとブツブツ何かをつぶやいていて、ちょっと怖かった……。
あ、でも私も「独り言マニア」だから、ブツブツつぶやいてたかも……。
しかも日本語で（笑）

## コベントガーデン
DIESELやPaulSmithなど、お馴染みの店が軒を連ねるコベントガーデン。
この頃にはすっかり、お店の女の子とオシャベリするのがおもしろくなっていた。
例えばお店で「いま流れてる曲って誰の？」と訊くとみんな、わざわざ紙に書いてくれたり、逆に、私のエアーポンプが付いた腕時計（air-pro）やこのビッグな髪型について、いろいろ質問してきたりするのです。なんかフレンドリーだよね〜。
フレンドリーといえば、コベントガーデンのはずれで入った喫茶店。
そこはなぜか男の客がめちゃ多かった。しかも感じの良い若い男性ばかり。
そんでよーく観察してみると、ここの店は、女の人が1人でやってる店で、しかも彼女はとても感じが良い！
なんとなく若かりし頃の坂口良子に雰囲気が似てる。
みんな彼女と話をしたくて来てるみたいだった。
彼女は私にも優しく気軽に話してくれて、帰りには奥のほうから大きな声で手を振ってくれた。
「なんかロンドン来て良かったな！」って思った瞬間でした。
子どもの頃、坂口良子にあこがれたよな〜（笑）。

## 街並みは舞台デザイン
東京の明治通りなんかを歩いていても「なんでこう建物がマチマチなんだろう？」と思う。それぞれはカッコイイ建物なんだけど、バラバラすぎてゴチャゴチャしている。
一方、ロンドンは街並みがどこも揃っていて美しい（古いけど）。

コベントガーデンで珍しいスターバックスコーヒーを見た。普通、店のカラーは緑色なのにここは青色。しかもウッディな造り！
デザインミュージアムの辺りでは、すてきなマンションをたくさん見た。二つの古いレンガの建物を、巨大なガラスで合体させてあったり、梯子でくっついてたり。
古い建物群をモダンなマンションに改築してるらしい。ちょっと中を見たくなるようなマンションだらけだった。

古いものを大事にしてるのはアンティークショップの多さを見てもわかることだけれど、ここまで街並みの調和や古いものを大切にするのは人々にとって、街全体が美術館だったり、博物館だったり、舞台だったりするのかなあ、と思った。

### GIGIさんバイバイ

4日目。この日も朝食をとっていると、GIGIさんの視線を感じる（昨日もだけど……）。でも、誘われ慣れ（笑）してきた私は知らんぷり。
すると、今日はひと目も気にせず話しかけてくる（仕事中だろ～）。
「今日、イッショニ、デカケマセンカ？」
「約束があるんで」と断ると、「ソノアト電話クレマセンカ？」と言ってくる。おいおい！
「できないな～」と更に断ると。「ダメ～？　ドシテモダメ？　ゼッタイダメ～？　ネエ～」としばらく粘ってきた。
高校生か、おまえは～！　と言いたかったが、英語じゃ突っ込めなーい。残念！

漫画みたいに肩を落として、とぼとぼと去っていく後ろ姿がちょっとかわいそうだった。
GIGI、君はいいやつだ。でも、ばいば～い！

## ケンジントン&チェルシー

サウスケンジントンの駅を降りてウットリ。この辺りこそが、私が想像していたロンドンでした！

観光客も少なく、病院や小さな教会がたくさんあったり、逆にザ・コンランショップやおもしろいセレクトショップなんかがあって、「普通でおもしろい」所です。ほんとオススメ！

ザ・コンランショップって知ってます？（新宿にもあるよ）

コンラン氏のインテリア・プロデュースのTV番組は日本でもやってます。このお店では、彼がセレクトした家具やキッチングッズなんかを売ってるんだけど、見てるだけでとても楽しいですよ（←なんも買ってないのさ）。

セレクトショップといえば……、Whistleっていうお店で、リーバイスのジーンズ・スカートをビーズで派手に装飾したスカートを見つけて、すっごく欲しくなりました。

そこで、試着させてもらったんだけど、まあ、サイズが色々あるんでびっくり。日本だと、あって2サイズぐらいなのに、出てくる、出てくる。5サイズぐらい出してきて、超・巨大なのまであったのには嬉しくなっちゃいました（←でも結局買わなかったのだ）。

私は日本だとケッコウ大きいほうなんだけど、ココだと、めちゃ普通だもんね。服のサイズでお困りの方はぜひロンドンへ。

## イギリスの料理はまずいか？

ロンドンに行く前、「食べ物まずいんだって〜！」とたくさんの人に聞かされた（たいていが伝聞の知識だけどネ）。

さて、実際はどうでしょう？

答えはノーです。

サウスケンジントンで勇気をだして入った、素敵なカフェ……。恐る恐るメニューを見て、知ってる言葉を見つけて頼んだのは「スモークターキー

とマヨネーズのサンド、パンはバゲット」。
これがね〜!!
今までの人生で食べたバゲットサンドの中で、一番美味しかった！　ただ、お店の人達は「ウィ。ムッシュ」って話していました。
ホテルの周りには、いつでも人が溢れてる、インド料理の店がたくさんありました。スーパーでは、スパゲッティとかラザニアとか、かなり美味しそうな冷凍ディナーがたくさんありました。コンビニでは海苔巻きやピタサンドを売ってました。


うむ？　イギリスの料理？？
イギリスで美味しいものを食べた。
けどイギリス料理かどうかはわからない。
今回はそのぐらいしか言えないな〜。まあ、東京と同じだったよ！
吉野屋もあれば、クイーンアリスもある！　と。


## Vivienne Westwood
キングスロードというところは「パンク発祥の地」だったそうです。
がしかし、そんなとんがった人間にはついぞ巡り合わなかったなあ。学生さんらしき人が多かったけど。
ここで、"World'sEnd"というVivienne Westwoodのお店に入った。
すんごーくこぢんまりとした、小さなお店でびっくり！　フィッティングルームなんて「裏口への通路にカーテンをしただけ」という日本のVivienne Westwoodからは想像もつかないような店。
でも、床がまるで、ひどい欠陥住宅みたいに斜めに傾いてたり、壁の時計の針が、なぜか猛スピードで回っていたり、さすが〜！という（？）こだわりのある変な店だった。
パンク発祥の店だもんね。
お店の人は（日本人もいるよん）やっぱりフレンドリーで一緒に話しをしてて、とっても楽しいお店でした。思わず長居をしてしまったのだった。

日本からFaxしてくれたら送るよ〜！　と言ってくれた。ありがたい。

## mako式のススメ
この「アタマ」でロンドンに行ってほんと良かった〜と思う。
そりゃ〜、ウザイことにもあうケドね！
知らない人とコミュニケーションとるのって、きっかけが必要じゃない？
そういう意味では最高に良かったと思うなあ。
たとえば服も、ワタクシお気に入りのパーカーを着てたんだけど、それは実は、COMODOっていうロンドンのコアなデザイナー服だったのだ。
その手のことって、私はゼンゼン気にしてないもんで、何も知らなかったの。でも、とあるセレクト・ショップで「ウチでも売ってたんだよ〜、それ」っていきなり店員さんが話しかけてきて、「どこで買ったの？」って逆に質問されて……。しかもそのデザイナーについて、聞いてもいないのに、延々と説明されたのだ！
しまいに、彼は「やっぱりこのデザイナーはいいのよね〜（ちょっとピーコ風)」と1人で勝手にウットリしていたのだ……。

どう？　みんなも試してみたら？
えっそんなアタマじゃ、仕事に行けなくなる？
そうだね〜（笑）。

## 長い6日も終わるのです
帰る日の朝、マークス＆スペンサー（スーパー）に行って靴下を買った。
これ自分のお土産。すごく良いんだもん。
時間までケンジントン公園でぼーっとして、渋々、ヒースロー空港に向かう。
ヒースロー空港でチョビット残った小銭をどう使おうか考える。
実は写真がほとんどないことに気づく。HPに載せてるのは自分で撮ったものなんだけど自分で自分を撮るのって難しいわ〜。ほとんどボツだった

もん。
そこで……プリクラでしょ〜！ あっちのプリクラは普通の証明写真の機械で撮るのだった。使い方がよくわからなくて、変な状態のまま撮れてしまった。見せられない。でも、いいや〜。
ウキウキしながら出てくるのを待っていると。そこに、アメリカ人のクールなビジネスマンのお兄さんが「上手く撮れました？」と話しかけてきた（←イイ男）。
するとそこにまた、ガーナ人のオジサンがやって来て、「上手く撮れました？」と話しかけてきた（←金持ち風の貫録）。
そこからなぜか3人で井戸端会議状態になり、
「彼氏にあげるの？」
「違うよ〜。自分のだよ」
「ところで、その髪型いいね〜。はっはっは〜」
とかなんとか妙な盛り上がりをしてしまいました。
最後の最後まで、なんでこんなにフレンドリーなんでしょうね〜？
東京に戻ってきて、こんなにフレンドリーな出会いがないんでちょっと寂しいです。でも、日本であんまりフレンドリーだと怖いかも。文化の違いだね。

そんな、彼らにバイバイして、ロンドンにバイバイして、私は飛行機に乗ったのでした……。
ぶ〜ん。

2001年
ほんとうの始まり

## アマテラスさま、よろしくね！　1月1日（月）
新年あけましておめでとう！
いま京都に来ていまして、さっき平安神宮へ初詣に行ってきました。
本当に京都の古い街並は和服姿が似合う街ですねえ、綺麗な着物の女のコとすれ違うたびに「いいなー、いいなー。でもこんな髪型では着物が似合わないんだよなー」といちいちつぶやいてしまいました。
そんなわけですっかり正月気分に浸っております。
今年の目標をアマテラスさんに誓い、お賽銭をケチリながらも納め、ちょっと期待しながら、おみくじを引きましたとさ。
「吉：願いごとは人に頼らず自分で努力をすればかなう」
う～ん、なんか、今までとかわらないような（笑）。せっかく今年は「バンド」を始めようとしているのに～!!
今、ギタリスト探してます。アマテラスよ！　そんな意地悪言わないでさぁ、いい人と巡り合わせてよん！
*37

## 被害者：鉢植え　1月6日（土）
さぶいな～、東京は家の中が寒くてしんどいよ～。
今朝、ウチの鉢植えが荒らされていた。実は一昨日も荒らされていた。もしや「ストーカー」かあ……？　それとも近所の童のイタズラか？　こう物騒な事件ばかりあると小さなことでも過敏になっちゃうよねぇ。
もともとウチの前は子どもの遊び場になってるんだけどさぁ。
「童達よ、大らかに育てよー」

## MAVERICKver4.0始まる　1月9日（火）
最近、バンドのメンバー探しに奔走してたりするのだけれど、色んな人がいておもしろい。
二十歳ぐらいまではバンドをやろうとしていたけれど、その頃はろくなメンツが（失礼）揃わなくて、バンド活動すら嫌になった（それでOLIVE

---

*37　実は元旦にはメンバー募集に恐ろしいほどの反響がきていた。曲をHPで試聴した人達から「曲が好き」というメールがたくさんきた。中には「メンバーにはなれないけど曲が好きです」

OLIVEはソロでやってた）けれど、今回は感じのイイ人達が多いのだ。これというのはコッチもアッチも年齢層が上がったからだろうか……。それとも音楽の神様がやっと、私がここで「オ～イ！」と呼んでることに気づいてくれたのだろうか？

バンド名は『MAVERICKver4.0』。

## ER　1月13日（土）
渋谷でちょっと時間があったので久々に「献血」をした。すごいよ最近の
※38
設備は！　好きなビデオを観ながら、お茶もついて、献血し終わったら居心地の良いロビーでお茶を飲みながらミスタードーナツまで食べれるし、本とかいっぱいあるし。ちなみに私はERの1話目のビデオを観た。献血をしながら救急医療ものを観ると、なんかすっごい臨場感があった。
2週間後に続きを観に行こおっと!!

## 美容整形　1月17日（水）
ホクロを取りに行ってみた。
前まえから気になってたんだよね。我が家はだいだいホクロの多い家系で、巨人の桑田にも負けないぐらいなのだ！　鼻の横にポチッとついてるホクロ君は日増しにグングン成長してきて、最近は「さすがに存在感が……」とちょっと悩んでおりました。
実は数年前に近所の病院で肩のホクロ（大きかった）を診てもらったら、「ガンになるかも」と言われてしまい、「切りましょう！」「は、はい」とその場で切ってしまいました。その後、その肩の傷はかなりビッグに残り、今では元のホクロ以上の存在感を醸し出しているのでした（涙）。
友達に「レーザー治療もあったのに！」とあとから聞いてショックを受けたのですが、よく考えてみるとその日の皮膚科は大学から臨時で来た外科医のオジサンが担当してたのでした。つまり彼は切りたかったんでしょうね。楽しそうだったもんなぁ。「今日は暇でさぁー」みたいな感じだったもん。

というのまであった。なんだか勇気が出てきた。「私の曲って意外と人気あるんだねぇ」自信を失っていた私には他人からの反応が純粋に嬉しかった。

話はそれましたが、そんなワケで今日のレーザー治療も心配してました。しかし「相談だけ」と思って行ったのに、やっぱり治療やってしまいました（意志薄弱の私）。「1個だけやってみなさいよ！　本当は10個で3万なんだけど、次回9個とってあげるから」と言うオジイサン先生はけっこう強引で、私の不安を増幅させましたが、治療のほうは耳鼻科で耳あかを取ってもらうよりも簡単に終わってしまいました（これはこれで更に不安）。テレビで見たようなゴーグルもしなかったし、目は平気なのだろうか？ すべては時間とともに私の体で明らかになるでしょう。ひえ～。

## 冬のにおい　1月20日（土）
雪が降ったね。傘をさして歩いてる人を見ると「やっぱ、東京だなあ」と思います。アタクシの育ったサッポロでは、雪の日に傘はささないのです。パウダースノーは、〝パンッパンッ〟と叩けば落ちてしまうから、傘はいらないのです。寒いのは困っちゃうけど雪景色は悪くない。街灯に映し出される雪は美しいです。ちょっと窓をあけて見てみてください！

## ヤツは汚い靴を履いていた　1月24日（水）
世の中にはとんでもないヤツがいるもんだ。

私の曲を「自分の作った曲だ」「自分の演奏してる曲だ」と偽って、周りに自分のデモテープとして聴かせて歩いているとんでもない人間がいることがわかった。その人間を私は多少なりとも信用していたので、そのことがすっごくショックだ。

なんで、そんなことが平気でできるんだろう？
彼の心の殺伐とした世界が恐ろしい。
彼はきっといつか、もっと誰かを傷つけるんだろう。
それを止めることはできないんだろうか？

*38　この頃は毎日のようにメンバー希望者と渋谷の喫茶店で会っていた。MAVERICKver4.0という名前は事務所を辞める前から頭に浮かんでいた。MAVERICKとは独立独歩の人・一匹狼という意味。そういう名前の基本ソフトがインストールされてるパソコンをイメージしていた。

なんだかとても悲しいよ。
最近やっと、また人間を信じる希望が見えてきたのに。
不信感は自分をダメにする。そう、わかってる。
でも傷つけられるのはとても怖い。ちょっと辛い今日この頃……。

## 優しさにありがとう　1月29日（月）

ノブさんが電話をくれた。
去年、私がプロダクションとか辞めてボロ雑巾のようだった時にも、彼は真っ先に電話をくれた。その時もとても嬉しかったけど、今回は更に更に嬉しかった。
というのは、前回いろいろ話を聞いてもらったのに、アタシったらそのまま〝音信不通〟にしてしまっていたのです。悪気はなかったんだけど、ほらよくあるでしょ、「誰にも会いたくな〜い。家から出たくな〜い。風呂にも入りたくな〜い」なんてお話が……。それですソレ（ここ最近はめっきり元気になったんだけどネ）。その間もノブさんのことが実はずっと気になっていたのでした。
でも、彼は懐の深い人だった「いや〜、生きてるかと思ってさっ！」なんて軽く電話で言われちゃうと、ウルっときちゃうね。すごくホッとしました。自分の曲の『Carry On』の歌詞じゃないけれど、昨日出会った人の優しさに支えられて生きてるのね。

## インディーズと言っても1月30日（火）

最近〝インディーズ〟というジャンルのミュージシャンがたくさんでてきている。アタシもその隅っこぐらいには参加してるつもりなんだけど。でも、この単語は私の中ではすごく大事に使いたい言葉なのだ。

私がまだ高校生で「音楽をやってます」なんてとてもじゃないけど言えなかったような頃、札幌のライブハウスにちょくちょく行ってました。そこでは地元のバンドが自主企画でライブをやっていて、東京のライブハウス

---

*39　メンバー募集では色んな人がいた。私が渡したデモテープを自分の曲だと言って他のメンバー面接先で聴かせたらしい。その相手も私のところに応募してきて発覚した。今にして思うと「確かに渡したデモは良い曲ばっかだったもんなぁ」と笑ってしまう。変なことから自信を持った。

みたいにプロっぽいものではなく、本当にこぢんまりとした演奏会が開かれてたわけです。
世の中の多くの人はそんなライブハウスに訪れることもなく、そこで生まれては消えていく音楽に触れることもなく、メディアに載っているものしか耳にすることはないでしょう。だけど、最近はインターネットやさまざまなメディアで〝インディーズ〟というジャンルでそういったアマチュアが紹介されることが増えてきました（それはありがたいことです！）。
でもインディーズという言葉がぴったりな人達って、どのぐらいいるんでしょうか？　メジャーデビューが決まっていて、その前哨戦のようにインディーズを銘打ったCDを営業的作戦で出してるほぼメジャーな人達も多いし、逆に誰が買うんだろう？っていうほとんど趣味の集いみたいな企画ものインディーズCDもたくさんある。
実際のところ、今の私自身は「アマチュア」とか「プロじゃない」ミュージシャンというほうが、当たっているように思っています。

私が〝インディーズ〟という言葉を敬意を持って使えるアーチストに、札幌を拠点に活動しているHard Rock Band "SABER TIGER" というバンドがあります。現在はメジャーのレコード会社からCDをリリースしていますが、インディーズ時代を含めた活動20周年を迎えた偉大なバンドなのです。今みたいにインターネットで何でも調べたり手配したりできなかった頃からアーチスト主導のインディーズとしてレコードやカセットをリリースしたり、全国ツアーをしていて、しかも東京じゃなく札幌を拠点にしているその大変さはきっと現在の私達の想像をはるかに超えているんじゃないかと思います。
何よりも活動を「続けている」ということに尊敬の念を私は覚えるのです。

## やっぱ人間っていいな　2月2日（金）
メンバー募集で新しく知り合った人達と、オーディションを兼ねてスタジオで<u>セッションをしたぞ</u>！
<sub>*40</sub>

*40　初対面の人と一緒に演奏するのは新鮮だった。この頃の私は楽器を持たず、純粋にヴォーカリストだった。まさかギターを弾きながら唄うようになるとはまったく想像もしていなかった。

いつもは1人で機械を相手に曲作ったり唄ったりしてるわけだけど、やっぱり人間は良いね〜！　想像以上のおもしろさだ。久々にバンドの爆音の中で唄ったんだけど、昔より（……っていつぶりだろ？）自分の唄も味わえるようになった気がする。毎日おんなじ自分と向き合ってると自分が変化も成長もしてない気がするけれど、亀の甲より年の功（ちょっと違うか？）で少しは良くなっているのかもしれない。
それに知り合ったメンツは楽しい奴らばかりだ！　一見大人のようで実は小学校のお友達のようでもある。そんな人達イイでしょ？
Ｉくん、風邪が早く良くなるといいね。

## MAVERICKver4.0　2月11日（日）

構想2年……。やっと新しいプロジェクト『MAVERICKver4.0』が動き出したのだった。
[*41]

そうなんですバンドをやるんです、アタシ！
タイミングとは恐ろしいものですね。Ｉ君と「一緒にやろうね！」とずっと言い続けていたのに、今まではメンバーが集まらなくて流れていたことが、今回はサラリと決まってしまったのでした。ドキドキしちゃうよん!!
こういう時に「運命」って言葉を使いたい。
先日、初めて4人で1つのテーブルを囲んだ時に（代々木の某居酒屋で）、私はすぐに「お互いに本当にリスペクトしてるなあ、ベクトルが合ってるよ！」って感じました。
そのまま他愛もない話をしながら楽しく飲んで、2時間ぐらい経った時でした。アタシが席を空けて暫くして戻ってくると……いきなりＩ君が「決めたから！」って言いました。「は？」「このメンツでやろうと思うんだけど、いいよね？」「うん」
私はしたことないけど、結婚しようと思う相手に出会ったらこんな気持ちになるんでしょうか？　経験者の方、教えてくださーい。

---

*41　最初にMAVERICKver4.0が始まった時はドラム、ベース、ギターとヴォーカルの私の4人編成だった。ドラムのＩ君は高校生の時からの知り合いで2000年の暮れに彼が一緒にやろうと声をかけてくれなかったら、バンドを始められたかわからない。今も彼にはものすごく感謝している。

早くお披露目したーい気持ちでイッパイなのですが、今はまだ登山で言うとこれから6合目というところなので、ゆっくり着実に進んでいこうと思ってます。うふふ。
曲を作らねばっ（やる気モード）。

## 東京デビュー　2月16日（金）

Tと渋谷で『PARTY7』を観てきた。いつも駅のポスターを見ておもしろそうだなーって思っていたんだけれど、意外と笑える映画だった。その後、表参道のラ・ボエムに行って、アタシの大好物の小海老と青じそのスパゲティを2人で食べた。おいちー！
Tは役者になるべく最近上京してきた人で、すごく前向きなところが一緒にいてこっちまでHappyな気分にさせてくれる人だ。

ところで今日ちょっとぶりにTに会って、ふと気づいた。
「あっ、イントネーションが変わった……！」
すごいよね～。つい最近までは「あれれ？」と気がつくようなイントネーションだったのに、「自分じゃ気がついてないけど」と本人の自覚とは関係なしに彼のイントネーションが東京している！（笑）
そうかぁ、あたしも東京に来た時はこんな風に変化したんだね～きっと。
新たな発見をした1日であった。

## オバチャンの薬　2月19日（月）

もうどうしようもない体のだるさと咽の不調に近所の薬局に飛び込んだ。
「午後から唄うんですけど、なんとかならないですか～！」
そんなこと言われても困るんですよね～、普通は！
しかしコノ薬局、定価販売のためかいつもお客が少なくて暇してるんです。
ここぞとばかりに「はいはい！」と貫禄たっぷりのオバチャンがハリキッテやってきた！（笑）
「コレにコレを足してお湯で割るといいわよー。そうね、今、作ったゲル

ワー!」
栄養ドリンクと風邪薬とニンニクナントカを混ぜた"怪しいドリンク"を
オバチャンが店頭で作ってくれたのだった。まじゅーい。
こうしてオバチャン特製ドリンクのお陰か、気合いたっぷりで挑んだお陰
か、3時間におよぶバンドのリハも無事に乗り切ったのでありました!
(メンバーに移ってなきゃいいけど) さびれた薬局も捨てたもんじゃない
っすね。オバチャンに感謝!

## OLIVE OLIVEとの別れ　2月28日（水）

OLIVE OLIVEの曲ちゃん達を……ほこりをはらって、日干しをして、ナ
デナデしてして、アイロンかけて、マスタリングして……とMacに向かう
こと数十時間。かなり前から宣言していたCD作成をやっとこさ仕上げて
おります。予算がないんで残念ながらCD-Rなんだけど、ジャケットとか
も試行錯誤を繰り返してますんで、かなり私らしいものが完成しそうです。
わーい。

去年「CDが欲しい方は言ってねん」なんてHPで言っときながらこんなに
時間が経ってしまったのには、色々わけがあって……。
それは、自分の曲を聴くのがチョット辛かったんです!

OLIVE OLIVEとしてずっと活動してきた時間と向き合うのが想像以上にヘ
ビーで、大好きな曲達なんだけどその当時の気持ちが蘇ってくると、最後
まで聴けない……みたいなことの繰り返しでした……。
それが完成へと歩き出せたのは、新しく始めたバンドのお陰かな？　って
なんかまるで恋愛みたいだね!（笑）ということは「OLIVE OLIVEとの
別れ」ということでもあるんだね（ちょっと涙）。
少ない機材で、足りない能力で、必死に近所が寝静まった夜中に1人でレ
コーディングしていた日々を、1つ1つ思い出しながら曲順を考えたりし
てます。他人から見れば、たかが"手作りCD"かもしれないけれど、そ

れを最高の物にしようと思って必死になってしまうのが南谷真子なのです（笑）。生真面目、独りよがり、完璧主義、自閉的……なんとでも言っておくれ！　だってそういう人間なんだもん！　アタシ（笑）。
*42

OLIVE OLIVEをやってホントに良かった。やっとそう思える。

## クラブとジョーク　3月4日（日）

久しぶりに六本木のクラブ、なんぞへ出向いてみた！
外人&大人ばかりだったので、落ち着いてとっても楽しめたよ。
ふだんは冬眠して動きも鈍くなってるmakoですが、昨日ばかりは別人28号（←ふる～い）で何時間も踊り続けておりましたとさ……。というか、音楽の中を漂っておりました。
実はワタクシ踊り好きで……思えば中学生の頃から（？）黒服がいるディスコとかに行ったりしてました。黒服&フードバー……なつかし～（笑）。
普段の自分の音楽とはジャンルはまったく違うけれど、楽しめるツボみたいなのはどれも同じだと思う。やっぱりウキウキするのが一番だよね。
クラブとかって「常連」みたいなヒトがたむろってるイメージがあるけど、昨日みたいなのならだれでも気軽に行ける気がしたよ。それに色んな国の人ともお話ができるので、これまた楽しい！
「その髪形、珍しいしかわいいね！（なでなで……）」（白人の人）
「ありがとう、その金色はどこで染めたの？　良い色ね……」（私）
「天然なんだけど」
「知ってるよーんだ（笑）」
英会話勉強中の人にもオススメなのだ。

## ミンナ良い子だよ　3月13日（火）

やっとこさ200%家内制手工業のOLIVE OLIVE CDが完成しそうだ。
いやー、工場に発注したほうがゼンゼン楽だったなあ。そんな元手がないんだけれどさ……。

---

*42　これらは事務所にいた時にある人から毎日のように言われ泣かされてきたセリフ。こうした人間性に対する批判はいったい何のためだったんでしょう？　今はわかります。私の野性を飼いならしてアナタが守りたかったのは優越感──このことは『Introduce』で歌詞にしました。

ジャケットのデザインも「プリントすると色が違う!」「あ〜紙づまった……涙」「あっ逆さだー」などと1人でとことん大騒ぎ(笑)。
でもでもなんか楽しかったな……。「やっぱりこの曲良い曲だなあ」とか、ゆっくり自分を誉めてあげられたし。デビューするしないでゴチャゴチャしてた時は、そういう人達の言葉に異常に敏感になって、振り回されて、この子達(曲)の本当の良さを信じてあげられなくなってたもんね!
ごめんね君達。あんた達は良い子だよ! ほんと。

## 電光石火スタジオ　3月19日(月)

ねむい……。
連日の録音作業、ここ電光石火スタジオこと私の家はメンバーの持ち込んだ機材で狭ーくなっている(保管料とろっかなあ、笑)。
　　　　　*43
ギターとベースの録りも順調に進んでいる。
今回このメンバーとレコーディングをしてみて、ソロでのレコーディングとはまったく違うなあーと思う。とにかく楽しい(笑)。
なんだろうこの違いは? ラクというのとも違うんだけど、笑ったり悩んだり試したり発見したり喜んだり選んだりの全てが、メンバーみんなの悩みであって、みんなの責任で、みんなの喜びだったりする。だからできあがりには迷いがなくてタフなものができていく。
まあ逆に、私みたいな女の子がよく今まで1人でやってきたなぁーとも思う。でもその経験があってこそ、今のみんなとの音づくりも上手くできるんだと思う。PLAYすること、チャレンジすること、生み出すことの不安とか迷いとか喜びとかを、その立場に立ってちゃんと理解できるから。
タフなものが育っている。

## 街は生きている　3月25日(日)

今日は超久々に原宿をチョビットうろついた。
なんかいつのまにか〝渋谷〟と化していて驚き!
6年ぐらい前までは、休日でも表参道の辺りなんてちょっと横道に入ると

---

*43　MAVERICKver4.0を始めて自宅のレコーディングスペースはOLIVE STUDIOから「電光石火スタジオ」に改名した。バンドでのレコーディングでもやっぱり私がエンジニアをするんだけれど、今までの自分の能力が他人に活かせることが嬉しかった。

静かで、散歩するのに気持ち良かったのになぁ。裏原宿なんてものも存在してなかったしね。あの辺に友達が住んでるんだけど、彼によると最近は一日中うるさくてかなり大変だそうな。
街は生きてるんだね。
しっかし、これでは新たなお散歩コースを見つけなくては。

## 爆発メンテ　3月31日（土）

本日はあいにくの雨＆雪……。
お花見をとりやめて、爆発頭のメンテナンスに行ってきた。[*44]
前回、別の店に行って大失敗だったのを反省して（新規開拓はもうやめたー！）、一番お気に入りの表参道のSQUASH（スカッシュ）というお店のMさんにやってもらうことにした。去年、彼にやってもらったスパイラルはとても綺麗で、自分も気に入っていたし、周りからも今までで一番良いと評判だった。ちょっと予算オーバーだけどしゃーないね！
かなりこぢんまりとしたお店だけれど、あいかわらずお客さんがイッパイだ。チリチリになったパーマはそのままで今日はカラーとカットだけをお願いする。淡々と作業が進み全体に微妙かつ繊細なニュアンスが出ていく。やっぱり彼は良いね！　商売っ気がないところも含めて「ザッツ・職人」な人だ。今日は前回よりちょっとだけ会話もはずみ（やっぱりあまり喋らない人だけど）なんか楽しかった。いつかメイクとかも頼みたいな〜。
……がんばろっと
爆発頭は綺麗に刈り込まれてチョトだけ〝脱アフロ〟になったのでした。

## バンドってお金かかる　4月7日（土）

牛丼にするか、ハンバーガーにするか、小さな選択……。
たまには焼肉をたらふく食べたいなー、小さな祈り……。

## 心配性の歴史　4月9日（月）

初ライブまで1週間を切り……。

[*44]　この頃から「たんぽぽ頭」という呼び名が「アフロ」に変わってきたのでした。形は変わってないのにね。

「あたしってだめねー、なんでも心配性で……」
なんて緊張したりしてる、ダッサ〜イ南谷真子なのでした。

思えば幼少のみぎりにヴァイオリンを習っていた時の経験が、私をアガリ性にしてしまったのではないでしょうか？
発表会なんてものが2年に1回ぐらいあった。

……あれは7歳ぐらいの時でした。
すっごく緊張している小さな女の子は、それでも震える手でしっかりと楽器を構えました。「よっし！」
「チャンチャン♪」ピアノの伴奏が始まりました。
「？？？」
なんとピアノの伴奏が違うではありませんか？
「？？？？？」
頭が真っ白の気の弱い女の子はもう半ベソです。
すっかり自分の暗譜していたメロディーも忘れてしまいボーゼンと立ち尽くしてしまいました。でも〝何か〟は弾いたみたいで（どうやって弾いたんでしょう？　笑）気づくと終わってました。かなりショックでしたぁ。子どもだから恐怖心って感じですかね？

大人になった今でも心配性はあいかわらずですね〜。ただ自分でコントロールしようという強さは出てきたし、頼れるメンバーがいるので、あの気弱な女の子は薄れてきているんです。
全国の心配性の皆さん!!　一緒にがんばりましょう〜。

## 初・ライブ　4月16日（月）
昨日は新しいバンドの初ライブだった。来てくれた皆さん、偶然そこに居合わせた皆さん、楽しんでくれたでしょうかぁ〜？

---

*45　2001年4月15日池袋MANHOLE。これが私の初ライブです。

最初というのは1回しかないので、特別なものがあるわけです。上手くいくかどうかもわからない「賭け」みたいなところもあるしね。昨日の賭けはどうだったかというと、メンバーも私も小さなSatisfactionを感じました。演奏が始まったら不思議と緊張も興奮へと変わってくれたし、演奏の不安な部分とかもいつもより良かったり。う〜んステージは魔物だ！
とにかく楽しかった！　良かった。
なによりお客さんの顔が見えるというのは嬉しいよ。
ずっと人前に出られなかった南谷真子としては、あんなに聴いてくれてる人の反応が素晴しいものだとは思わなかったヨ！　この感動はちょっと言葉にはならないなぁ〜。
ずっと忘れない。
たぶんメンバーも、私がステージ経験が少ないことを不安に思っていたと思うんだけど。「思ってたより良かった」というある意味で最高のエールを贈ってもらえたんでワタクシ幸せです。へへへ。
昨日、このメンバーに出会えた意味を1つ見つけた気がしたのでした（美味しい酒が飲めるってコトなのさ）。

## 語録　4月18日（水）

<u>レコーディング</u>もおおづめ、かんづめ、ふかづめ。
*46

ライブの翌日（というか朝帰ってきたからその夜）からレコーディングを再回して、やっとこさ完成が見えてきた。やけに時間がかかってる気もするけれど。たいていが「何かの後にレコーディング」というダブルスケジュールでみんな動いてるから、1回の時間が短いのよねぇ。
貧乏ミュージシャンは辛いねぇ。
そんなレコーディングの中にも楽しいことがいっぱいある！
まずバンド内でしか意味のわからない「内輪語録」が誕生する。
例えば……。

*46　レコーディングをしていて驚いたのは、バンドのメンバー達がレコーディング機材を持ってなかったこと。普通はそんなもんなんだ？　ってカルチャーショックを受けた。私は20歳の頃に

「ミナミヤ病発生」←Macが謎の不調で、録音したものが録れてないという恐ろしい現象。
「魂の録音」←その人らしさが溢れた演奏をめざすコト。
「なんかプロっぽいよ〜ん」←いちおう誉め言葉、しかし爆笑する。
「ボスいかがです？」←いつのまにか私のコトをそう呼ぶのだった。
……などなど。
ちょっと楽しそうでショ？

## それは誤解だ　5月9日（水）

先日hideのライブベストビデオを購入した。色々な時代の演奏をミックスしてあって見ごたえがあるんだけど、ごちゃごちゃしていてちょっぴり見づらかった。残念。

5月になると彼の話があちこちで聞かれてなんだか気になる。この間、私が読んでるメルマガで「彼の気持ちがわかるからあとを追いたい」というファンの子がいた。「そりゃないだろう？」と思う。あんなに「いつも精一杯でいけ！」というメッセージをビデオやCDで発信しているのに、伝わらないもんなんだね。

確かに曲を作るのも活動をするのも楽じゃないけど、自分の分身を世に出すためのエネルギーは火山のように湧いてくる。そんな自分がけっこうカワイイ（笑）。たぶん何かに没頭してる人は音楽以外の人でもそうだろう。彼だってきっとそうだ。あのメルマガの子も「彼の気持ちがわかる」なら、自分の中の小さな火山をちゃんと見つけて大事にしてあげてほしいな。
と、ビデオを観ながら考えた。

## 3年前と3年後　5月16日（水）

1998年の今日。自分でHPを始めた。

あれから3年。すごいなあ、続けてるんだアタシ！
でも何か成長しただろうか？

---

は1人でアレンジしてレコーディングしてデモテープを作ってオーディションに送っていたから、誰でもそんなものなんだと思っていた。

ずっと同じ場所で足踏みしてるのかも。
それどころか、後ろへと下がっているような……。
ちゃんと前に歩いているだろうか？
あたしはいったいどこへ向かってるんだろうか？
3年後の私に訊ねてみたい。

## 私だけのギター　5月19日（土）

ギターのリペアー（修理）をしてもらうために、埼玉県の小川町まで1人でトコトコと行って参りました。片道2時間、往復4時間、ちょっとした遠足気分だ。

<u>私のギター</u>はここにある〝PGM〟という工房で注文して作ってもらった物
*47
なのです（ちょっと贅沢？）。それも今から8年も前に。
このお気に入りの「パープルサンバースト」のストラトは最近ちょっぴりトラブルが発生。これからずっとライブも続くので、今のうちに治療してもらうことにしたのです。
作ってもらって以来おじゃましてなかったので、気恥ずかしさもあったんだけれど、小川町の駅に車で迎えにきてくれた乳井さんは気さくな良い人だった。

工房はネックやら塗装中のボディなんかが所狭しとぶら下がっていて、いかにも「職人の仕事場」って感じだ（ウキウキ）。私のギターちゃんもネックをボディからはずしてフレットの具合や反りなんかを直してもらった（病院で治療してもらってる感じ）。
その作業中、ネックを接続していた裏に書いてあった番号を見て、「これ1993年に作ったんだぁ」と職人さん。「はい、その時に一度ここにおじゃましてるんですぅ。実は」と私。「あっ、思い出してきた！　これバンザイドのブルースのピックアップをつけたんだよね！」と乳井さん。すっ、すごい覚えてる〜!!

*47　エレキギターは形も音もさまざまなタイプがあり最近は色も多様になってきたけど、昔は男っぽいモノしか市販されてなかった。当時唄を唄っていなかった私はギターで参加させてくれるバンドを探していたので、自分らしい音とデザインのギターが欲しかった。それでオーダーしたのです。

「さっき駅で見た時に会ったことがある気がしたんだぁ」
「当時とは別人28号だからわからないだろうと思ったんだけど（笑）」
嬉しいやら恥ずかしいやら。

すっかりギターも私も元気にしてもらって。ウキウキ気分で帰ってきました。〝PGM〟のギターは札幌のヨシダ楽器（昨年閉店したらしい）でサーベルタイガーのギターだったTさんに紹介してもらったんだけれど、本当に良いギターです！　ウチのバンドのBass君も「イイ音だよね、そのギター！」と言ってます（腕は誉めてくれないのぉ？笑）。

やっぱり物には作った人の人間性がそのまま出るんじゃないでしょうか？
そんなことを考えた1日でした。

## 大金持ち　5月23日（水）

ウチの周りはいかにも世田谷的な住宅街でお金持ちがたくさん住んでいる。それもちょっとやそっとじゃない大金持ち。私が歌詞を書く時によく行く喫茶店「茶房遊」ではそんな人達にたびたび遭遇するのだ。
今日も見た目はごく普通のおじいさんが隣に座った。一般的には仕事もずいぶん前に引退してるハズの年齢だろう。しかし話を聞いていると、海外へしばしば仕事で出かけているらしい。
「現役かぁ、すごいなあ！」と思って感心していたら、「ゴディバのチョコ[*48]はロンドンで買いなさい」とか「エルメスのスカーフはダンヒルと同じ工房で作ってるのにバカ高いよね」とか言っている。
う～ん、この年代でこんな話をしてる人はカナリの「通」というかお金持ちだわ。アヤカリタイ。
しかしトドメは「イタリアのフェラガモの工房に自分の木型があって、一度に3足ずつ作ってもらう」と言うではないか！　きっと水戸黄門が印篭を出すとこんな感じなんだろうな（笑）。
なんか文章にすると自慢げに聞こえるけれど、本当はすっご～く普通に、

---

*48　ベルギーの高級チョコ「ゴディバ」といえばバレンタインですよね。1粒が何百円もするってこと、もらう人は知っているのだろうか。

極めて自然に、こんな会話が出てくるんですよ！　良い物を持つ立派な紳士。これが本当の姿なんですね。そこら辺の子どもが、大量生産されたほとんどライセンス商品のように作られてる「大衆向けブランドモノ」を持ってるのとは訳が違う！

アヤカリタイ。ああなりたい。いつかは本物の大人になりたい。
ビバ・ハングリー精神（笑）。

## 大柄な女　6月4日（月）
浴衣が当たった。今朝宅配便で届いた。
藍色に桔梗の柄がなんとも色っぽい！
嬉しくて仕付け糸をほどいてさっそく羽織ってみた。

がーん！
小さい。つんつるてん。これじゃ着れない。ショックー。

わたくし身長が169cmなんです。そうですデカいんです。
泣く泣く誰かに譲ることにしよう……。
イイモン。
花火なんか見ないモン。
浴衣なんか着ないモン。
ぐすん。

## 電話の恐怖　6月5日（火）
久しぶりにMと電話。<u>最近バンドどう？</u>　なんて話で始まる普通の電話。
[*49]

電話と言えば……。
実はワタクシ電話がすっごくすっごく苦手なのです。周りの人は「ぜんぜん普通ジャン！」と言ってくれますが、本当は何をしゃべったら良いのか

---

*49　この頃、バンド内がごたごたし始めた。人それぞれ音楽活動に対するやる気が違うものなんだと少しずつわかってきた。私には理解できないことも多かった。

わからなくなったり、妙にハイだったり、電話のベルが鳴るだけでもすっごく緊張してしまったりします。
時には出るのをためらうことさえあります。
逆に誰かへ電話をかけなきゃいけない時は、まず悩みます。
なんとか電話以外で済ませられないかと思案します。
相手の人が不機嫌そうだったりすると、泣きそうになります。
留守電だとホッとしたりします。
別にお友達からの電話が嫌な訳ではないのよ！
電話をもらうと嬉しいし、何かの誘いだったら飛んで行っちゃうし。
そうじゃなくて、嫌な話とか辛いことが一番最初に耳に入ってくるのが電話だったりもするから怖いんです。
たぶんトラウマ。

Mとは、他愛のない話をして、マイクとかギターの話をして、そんでバイバイした。
こういう電話だとホッとするねぇ。

## 言葉ともう一つの壁　6月17日（日）
先日、韓国のミュージシャンの方と会う機会がありました。なんか感じのイイ人ですっごく楽しかった。私がずーっと昔にソウルへ行った時に流行っていた「シンチャンブルーズ」の話をしたら、「今もいるけど、日本でいうハウンドドッグだよ！」と言っていた。うーん、わかりやすい例えだ。

そんな会話の中で「英語で歌わないと韓国で一般的に理解されるのは難しい」と日本の音楽について言っていた。そのと〜り！　楽器と違って歌って言葉の壁があるよね。歌詞が伝わらないっていうのは、楽曲の半分が伝わらないってことだから。
この会話の影響で急に私は思い立ち、華原朋美ちゃんのように歌詞を英語にトランスレートしてみよう！とトライしてやめた。無理かも……（笑）。

---

*50　音楽に国境がないというのは嘘だと思う。ロンドンのタワーレコードでは日本人のアーチストのCDはほとんど売られていなかった。でもワールドミュージックのコーナーに沖縄民謡のCD☞

バイリンガルじゃないから、かなりきついね！　直訳だと痛々しいワ。

ただ、英語で歌っているアジアやアフリカの曲が世界的に売れるわけでもないわけで、国際的に受け入れられるというのは言葉の問題だけでもないのかもしれない。
ちなみに私は洋楽のCDを買う時はできるだけ訳詞の付いてる日本盤を買ってます！　だって歌詞の意味とかちゃんと知りたいから……。

## マイ・マイク　6月28日（木）
思えば遠くへ行ったもんだ。成田まで行ってきた。ステージで使うマイクを購入するために、わざわざ行ってきたのだ。

ライブを始めてから生活も苦しい今日この頃だけど、ライブのパフォーマンスが良くなるなら出費も仕方がないよ。だってだって「唄がよく聴こえない」なんてこれ以上言われるのヤなんだもん！　自分の技術面も試行錯誤してる真っ最中だけれど、実はマイクも重要だってことを私は知っている。努力で良くなるなら努力するべきだし、メカでもっと良くなるのならメカにも協力してもらうんだもんね！

しかしなにも何時間もかけて成田まで行かなくてもねぇ（笑）。あんなに遠いとは思わなかった。でも、成田にその場で全てのマイクを使い比べられる楽器屋があるって聞いたから行ってみたのだった。確かにそこは倉庫みたいな場所で色んなマイクが試せた。おそるべし成田！
今度のライブからお披露目じゃ。少しでもライブが良くなりますように。
さて、代わりに何をオークションで売ろうかな〜（生活苦なの、笑）。

## マイクのお陰で絶好調　6月29日（金）
今日のリハーサルも充実していた。
*51
休憩中にセッションしたしい。しかも順番にローテーションしながら、い

があった。それを見て音楽の国境を感じたし、同時に英語で洋楽みたいな音楽を目指す以外の答えがホントはあるような気が、私はした。

つもと別の楽器を弾いてのセッション。
私達って音楽バカだよね。
何時間も練習して疲れてるにもかかわらず、みんな嬉々としながら慣れない他人の楽器を弾きまくるんだから、休憩中に！
でもさー、ローテーションで私にドラムが回ってきたのに、「あなたはドラムはいいから、いいから」とか言って叩かせてくれないのはズルイヨ。
ふん、確かにドラムは叩けないけどね……。
ふん、確かにボンゴ叩いて近所から苦情がきたけどね……むかし。
ふん、右手と右足が同時に動くけどね……。
でもでも、ちょっとくらいイイじゃんねぇ！
他人のパートはさぁ、みんなヘタッピなんだからぁ。イジケモード（笑）。

マイクのお陰で絶好調！

## 野外ライブと怪しいおじいさん　7月9日（月）
昨日の横浜での野外ライブはすっごく気持ちが良かったよ。
私の晴女パワーで天気も良かったしね。

小さなステージだけれど、通りの向こうからずっと観ていてくれている人達や、後ろのビヤガーデンで食事中の人達、道路を通行中の皆さんなどなど、たくさんの人からの暖かい拍手は結構じーんときました。
やっぱり目の前で人に聴いてもらうのって良いね！

ちなみに……。
なんかリハの時からステージ後ろにいたホームレス風のかなり怪しいおじいさんが、超ノリノリで嬉しいような、危険なような、ありがたいんだけど、とってもとってもありがたいのよ！　本当に!!
でも、終わってから「なんでもいいからかサインちょうだいよ！」ってやってきて、チラシにサインしてあげて握手をしたら手がカナリ「ぬめ〜」

---

*51　スタジオでバンドで音を出すのはとても楽しい。私が音楽を心から楽しいと感じられる大事な瞬間だ。でもこの頃は自分の唄にまだ自信がなかった。ライブで何かが上手くいかないと、私の唄が下手だからだと悩んでいた。

っとしていて正直ちょっとキツカッタ（笑）。それに私の二の腕をベタベタ触られた。
おじいさんは自転車でどこかへと去っていった。
いや、ありがたいのよ！　本当に!!　本当に!!
再来週も来てくれるだろうか？　おじいさん

## 女に生まれて良かったか？　7月14日（土）

さて、女に生まれてきて良かったと思うか？
　*52
そんな質問を急にされるとかなり困る。
たぶん無難な当たり障りのない答えを言ってしまう。

でもさ、毎日変わるよ！　答え。
ちなみに今日はなんか「やだ」。
話せば長くなるけれど……。
とにかく「やだった」。

一般的に男女という比較になると対立関係になりがちだけど、別にそれは気にならないの。だって対立してるなんて思わないもん。ただ、ありのままの私は一般的な女の子像の既成概念からはみ出てるところがいっぱいあって、その部分に対しての周りの理解に辛くなる時がある。
もちろん自分が「わかってほしい！」なんて甘い期待を持つからいけないんだけれど……。どうしてか、理解されないギャップを自分の中で受け止めきれない日がある。
そんな日は「やだ」よん。
受け流せる日のほうがずっと多いのにね！

ただエクセレントと言われたいだけなんだけど。
……って子どもみたいだ。アタシ。

*52　バンドを始めて気づいたことがある。それは私が女だということだ。お客さんにとっても、メンバーにとっても、メンバーの彼女や奥さん達にとっても。もちろん自分にとっても自分は女なのだ。

## 曲の母として　7月18日（水）

今日はスタジオで曲のアレンジ作業をしてた。
上手くいかなかった。
私の中に「迷い」があるとダメだわ。
曲の出産者として「このコはこうゆう方針で育てていきます！」みたいな強い意志を固めないと、子どもは途中でグレちゃうみたいです。
母は強くあらねば。

反省。
次回までには持ち直さねば。
みんなぁごめんねぇ（→my member）。

## 鼻もダイエット　7月21日（土）

「栄養つけないと夏バテするよ！」
そう言うNに誘われて渋谷でしゃぶしゃぶを食べてきた。
ちょっと会わない間に彼女はダイエットに成功したらしい……。
「痩せたねぇ」「そう？ふ　ふふ」「あれ？」「なに？」
私はあることに気がついた。
「もしかして鼻曲がってる？」「へ？　……そうかもぉ」
すごく失礼なことを言ってしまった。まあ2人の仲だから許しておくれ。

人間というのは痩せると鼻の肉まで取れるらしい。
肉がなくなったので軟骨の曲がっている部分がクッキリしてきたのだ。
もちろん他人が気になるほど曲がっているわけじゃない。
あまりにもキレイになった彼女の顔を、マジマジと羨ましそうに眺めていたから気がついただけのヨ。

どうやって痩せたのかは2人の秘密☆

## イナズマ　7月25日（水）

昼過ぎはすごいカミナリだった。
あわてて現在曲作り中のコンピュータの電源を抜いた。

小学生のある日、カミナリと稲妻の炸裂する大雨の中を１人で下校したことがある。薄紫色の空を金色の稲妻がバリバリと「ヒビ割れる」のがあまりにも美しくて、しばらく立ち止まって見とれていた。地球のパワーみたいなものを感じた。大きな声で「うぉー」と叫びたいようなキモチになった。

今の家の周りでは建物が多すぎて「音はすれども姿は見えぬ」なのだ。
ざんねん。

## 水族館と悩み相談　7月27日（金）

昨日は朝から大森まで行っていた。用事がすんで急に「このまま帰るのはもったいない」と考えた私は、目の前の看板の矢印にしたがって品川水族館へ行ってみた。思いついちゃったんだモン！

テクテク歩いているとイロイロ考えるモノですね。人間って！
「帰ったら歌詞を書かなきゃ、メルマガ送らなきゃ、曲作らなきゃ、次回のチラシとアンケート作らなきゃ。９月と10月のライブはどうしよう、<u>ギタリスト決まらないなぁ</u>[*53]……。そうだ次回のライブは何を着よう、次回はいっぱい見に来てくれるかな？　そうそうメールの返事を書いてない人がいっぱいたまっているんだ、えっとえっと」
もう水族館どころではなかった。
品川水族館が見えてきたところで、我慢できなくなって思わずメンバーに電話してしまった。「スケジュールなんだけど……」
さんざん話して一段落した頃、
「ところで今どこ？」「品川水族館の前」「はぁー？」

---

*53　この頃にはメンバーがベースと私だけになりつつあった。残りは臨時のサポートメンバーを入れてライブをしていた。今ふりかえるともっと仲良くやれたような気もするし、仕方がなかったような気もする。活動に対する優先順位が１人１人違うから、そこを摺り合わせるのは難しいことだ。

電話って便利ね、思い立った時にその場で相談できるから（初めて実感）。

電話を切ってスッキリした私は夏休みの家族連れにまじって、ウツボやイワシやタイやタコなんかをじっくりと観察してきたのでした。
「旨そうだなぁ〜」
今日は水族館の曲でも作ろう。

## @niftyからの取材（その1）　8月17日（金）
先日@niftyからの取材を受けてきた。
*54
私のサイトが「人気ホームページへの道」というコーナーで紹介されるのだ！　うれし〜。

niftyはスッゴク立派なオフィスビルの中にあって、さすがでかい会社だなー！と思いました。担当のYさんとSさんはすごく溌溂とした感じの人で、取材されてるというよりは、お2人と楽しいお話をして過ごした、という感じでしょうか。だいたい「人気ホームページ」なんて言われちゃうと「えっ、私でイイの？」ってすごく気恥ずかしい。

ところで、ずっとホームページについて質問されているうちに、自分でも色々気がついてきました……。
私にとってはホームページじゃないんだ！
ある意味、私の分身というか、もう自分の一部分なんだ！

色々な人に「ホームページを見ていた時に感じた印象と生の本人にギャップがないね！」とよく言われるんですが、今回のことで自分でもホームページをもう一度ひとつひとつ見返してみました。
確かに私の人間性が移植されている！
まるで生き物みたいだ！
ネットではコンテンツを〝家〟に見立てたのがHomePageの始まりだけれ

---

*54　OLIVE OLIVEのHPはniftyのサーバーに開設していました。'98年から充実した内容で続けていたので「ビッピーズ」という賞をもらっていたのです。

ど、私にとっては細部に至るまで私の人柄が染み込んでいる〝分身クン〟のようだ。（そうそう、曲も分身みたいなのよ！）

そんな訳で、HPを誉められると自分自身が誉められてるみたいで、本気で嬉しい！

……続く。

## @niftyからの取材（その２）　8月18日（土）
取材はビルの中の中華料理店で、冷たいアイスコーヒーと美味しい本場のマンゴープリンをいただきながら進んだのでした。当然、食いしん坊の私は上機嫌になってます。だって美味しかったんだモン。

でも、人に色々と質問されるのって慣れてないからやっぱり難しいわ。「うーん」とか言いながら考え込んじゃったりしたの。もっと上手に話せたらよかったなぁ！　さていったい私の発言集（妄言集？）はどんな風な記事にしていただけるのでしょうか？　楽しみです。

そして取材の最後に外で写真を撮りました。
一番これが困るのよねー（笑）。
素材が素材だけに悲惨な写真になっても困るし、「別人じゃん」とお客さんに突っ込まれるような写真になっても良心が傷む（笑）。
Ｙさんが一生懸命に撮影してくれたので、なかなかイイ雰囲気の私を撮ってもらうことができました。

それにしてもマンゴープリン食べれて良かったぁ。

## 商売道具　8月21日（火）
台風だ。久しぶりだね。たまにはいいかも。

でもお陰でアコースティックギターのメンテナンスに行けなかった（次回ライブはアコギを持ってみようと思ってるのさっ）。その代わりと言ってはなんですが、今日から病院通いを始めたのだ。

先日の吉祥寺のライブは会場内のあまりのタバコの煙に、ライブの途中で声がほぼ出なくなってしまった！　でも頑張って根性で最後まで唄ったのでした。苦しかったよ～。しかしその後ちゃんと休養をとったりしてみたのですが、一向に咽の調子が良くならない！
周りの人達にも進められてとうとう近所の病院へ行ってみた。
「あー、声帯が腫れてますね。」
そんなオジイサン先生の一言で、吸入・飲み薬・トローチ。毎日通え！とさ……。すっかり病人です。

<u>咽は商売道具</u>だから大事にしないとね。
*57
それにしても病院代ってけっこうかかるのね……。新たなピンチだわぁ。

## 髪型にこだわるのか？　9月3日（月）
毎度おなじみの「爆発頭メンテナンス」に行って参りました！
これまたおなじみの表参道はSQUASHで、これまたまたおなじみの無口なイイ男のM氏によって、これまたすっかりおなじみの「腰痛の土産付き半日コース」で、やっぱり今日も6時間以上かかったわ。腰いたいー。
ところで平日の昼間なんかに美容院にいる人間ってスッゴク限られてくるよねぇ！　今日はミュージシャン率が高かったわん。まあ、お店がお店なだけにね……。何も知らないで来た人だったら、「キャー！」って感じで目に星が入っちゃうかもネ。

色んなミュージシャンと話す機会があるけれど、一流の人とかチョットでもプロの人とか、プロじゃなくても人気のある人とかは、とても髪型に気を配っている気がする。

---

*55　この頃はボイストレーニングにも通い始めて咽にとても気を使っていた。ライブで満足できる唄を披露するのは難しい。何よりも「絶対に大丈夫だ」という自信が必要だった。声を出すために毎日1人でカラオケボックスにも通っていた。

その昔「ミュージシャンって、なんで髪の毛を染めたり、立てたり、のばしたりするの？」と会社員の友達に聞かれたことがあるけれど、私達には「○○会社○○部の課長」みたいな肩書きや、物差しがない。名刺とかがあってもそれだけでやっていることを伝えるなんて無理だし。人に自分を伝えるのは「自分自身」でしかないわけで、話し方や笑い方や服や髪型や入れ墨や視線などなど、持てるものすべてでコミュニケーションするしかないんだよね。これってケッコウ難しいのよ。

ありがたいことに、Mさんに出会ってから私の髪型はスコブル評判が良い。お陰でアタシの望んでいる自分自身のキャラクターを周りから理解されるようになった。外国人にでも、年齢の遠い人にでも、ちゃんと私のキャラクターが伝えられる。
すごいと思うなぁ。


## 動悸・息切れ・めまい　9月12日（水）
明日は下北沢のCLUB251でのライブ！
なんでこんなにドキドキするんだろう？
不思議と今回はドキドキしてます。
それに今回は特にみんなに見に来てほしい気持ちが強い！
いや〜、一昨日ぐらいから強烈にドキドキしてるのはなぜだろう？
最近はライブで極度の緊張なんてしなくなってたはずなのに。
<u>不思議な予感</u>。
[*56]

## 秋が好き　9月19日（水）
秋刀魚を食べた。お寿司で食べた。
秋だね〜！　秋だね〜！
これからの時期は曲作りにも良い季節だし（閉め切っても部屋が暑くないからね）、食べ物も美味しいし、大好きだ！
最近は何もしていないのに、なぜか体重がどんどん減ってきていて、病気

---

[*56] この予感は、バンドのベース君がMAVERICKver4.0を辞めることをこの時に決意して既に新しいバンドを探していることを、私の第六感が察知していたからみたいです。この時はまったく知らなかったし想像もしてなかったのにネ。あとで気づいてショックだったのを覚えている。

じゃないかと周りも心配してるので、思いっきり美味しいものを食べて太って安心させてあげよう。

そして今度は太り過ぎの心配をしてもらおうっと。

## 小さな出来事　9月21日（金）
自転車で走ってたら、小さな交差点で白い杖を持った人がグルグルとその場で行ったり来たりしていた。
「何をしてるんだろう」そう思いながら走り過ぎた。
「アレ、待てよ？」50ｍぐらい走ってから気づいた。
困ってるにちがいない（もっと早くに気づけよ）、そう思って急いで引き返して声をかけた。
「何か手伝いましょうか？」
その方はすごく焦ったような、不安そうな声で、「ココはどこの交差点でしょうか？」と私に尋ねた。

見えない人に場所を説明するのは難しくて、その方の手を持って「あっちが三茶で、うしろが環七方向です。目の前に郵便局がある曲がり角で……」と私はまるで小学２年生のようなタドタドシイ説明をしてしまった。不慣れでゴメンなさい。

その方の話によると、いつも曲がる道がココなのかどうなのかがわからなくなったそうだ。
「白線のある交差点のはずなのですが、いつもは薄らと見えるのですが、今日は白い線が見えなくて……」
頭の悪い私は、ゆっくりとその言葉の意味を理解した。
「あっ！」私は足下を見て気がついた。
「アスファルトが新しくなってますよーお！」
そうなんです。昨日ぐらいに道路工事があったようなのです。

私達にとっては何てことのない横断歩道の白線も、あの方にとっては大事な大事な目印なのです。今まで考えたこともなかった！

「ありがとうございました」
そう深々と頭を下げてその方が歩いていく後ろ姿。
なんだかお礼を言われるとすごく困るな。
あの方はいつもあんなに深々とたくさんの人に頭を下げているのだろうか？
彼は迷惑をかけている訳じゃないのに。何も悪くないのに。
こっちは大したことしてないのに。
私だって同じことに出遭うかもしれないのに。お互いさまなのに。

なんだかもうちょっと話してみたかったなぁ。
それにしても、あのまま通り過ぎなくてよかったぁ。ほっ。

## ゆっくりでもいいよね？　9月22日（土）
あたしが羨ましいなぁーと思う人。

・人の環にずんずんと入っていける人
・自分の考え方ややってることが「間違っていない」と思える人

<u>あたしは無理だわぁ〜</u>。できないわぁ〜。
*57
たいていの場合、他人と仲良くなるのに半年以上はかかる。
時には5年ぐらいかかる。
でも、ゆっくりわかり合えれば良いと思ってる。
そんで、ずっとわかり合えれば良いと思ってる。
あたしは疑い深いのかぁ？
そんなことないよん！

＊57　私は見かけによらず人見知りだ。バンドを始めてから人と会うことが増えたけれども、「ミュージシャンノリ」というか「内輪ノリ」に馴染めなくて戸惑うことも多い。

## 大人には大人の　9月24日（月）

友達の家でサマーソニックのビデオを観た。今年はぜひとも行きたかったんだけど、予定とお金が都合がつかなかったのだ！

わ〜い！　やっぱり"The Cult"かっこいい！　あたしの青春だわ。高校生の頃、周りの大人の人が「makoちゃんはこれ気に入るよ！　きっと」と言ってダビングしてくれて、毎日のように聴いていました。もちろん本人達の写真とかも見たことがなかった。けど、最高にお気に入りで就寝前のテーマソングのようになっていた。そんなカルトのライブ！　観に行けば良かったなぁ〜。ちょっと後悔……。

やはりベテランにしか出せない演奏の魅力ってあるのね！

日本にいると、若くないと価値がなくなってしまうような、そして音楽も若者の特権かのような、さみしい感覚に襲われてしまいがちだ。けど、私はカルトのようにエアロスミスのようにストーンズのようにデビット・ボウイのように、「大人には大人の魅力があるんだ」と信じていたい。

## ぜったいそれでいい　9月26日（水）

あたしはいたって普通だ。
あたしは平凡なやつだ。
[*58]
たいしたことない平凡なやつだ。
個性なんて立派なものはない。
優れたとこなんてべつにない。
それでいい。
それでいい。
ぜったいそれでいい。

## 深い河　9月27日（木）

あたしはどこまでも沈んでいく

---

*58　他人のHPを見たりLIVEを観に行ったりすると、周りの人がみんなスゴイ人に思えて畏縮する時がある。事務所にいた頃のオドオドしてた自分が現れる。そんな時は平凡な自分を愛そう！と自分に必死で言い聞かせている。

深い河へと
夕暮れの空は
最期の輝きを放ち
やがて来る闇を漂わす


どこまで沈んでいくのだろうか？
ぼんやりとあきらめの意識ににまどろんでいた
なにかに気づいた


流れがある


深い河はゆるやかに
でも確かに
あたしの体をどこかへと運んでいる


流れがある


やがて深い河は潮の匂いに変わり
手足をばたつかせたあたしは
ここがどこかを理解した


緩やかな波動があたしを包み
自分で浮かぶことを教え
しっかりと泳がせた
そして、どこへ行くのかを選ばせた


ここはまだほんの始まり
そう言った

## レディオヘッド　10月4日（木）

「レディオヘッド」を観てきたの！　聴いてきたの！
*59

私は去年悩みごとばかりに惑わされてる自分から離れたくて、1人でロンドンに遊びに行った。その時キングス・ロードのヴィヴィアンウエストウッドの店でレディオヘッドがかかっていて、「なんてポップなクールなムーディーなロックな曲なんだ！」とイタク感動した。
それで日本に帰ってきて、前に買ってはあったけどあまり聴いていなかった彼らのCDを聴き直した。
「なんで今までココロの琴線に触れなかったんだろう？」と改めて思った。しかし、聴くたびにロンドンのことばかりが思い出される。そして悩んでいた自分も思い出す。

そんなレディオヘッドを昨日観て良かった。

彼らのサウンドは自分の中にある不安や迷いとなんかシンクしてくれる。自分のロンドンへ逃亡していた記憶も蘇らせてくれる。不思議なチカラがあるね。ロックだね。

最後にトム・ヨークが床にギターを置いた時、
ボワ〜ンと振動で音が出てしまった。
その瞬間、彼が〝ゆーっくりと〟ギターのボリュームを絞った。
とても印象的だった。

どこまでも「音」に対する心配りのある人なんだね。
すてきな人だと思った。

---

*59　ライブハウスにはどんなに良いバンドが出ていてもあんまり人は来ないのに、なぜ外国のアーチストのライブにはこんなにたくさんの人が来るのだろうか？　だいたい歌詞の意味をわかっているんだろうか？　横浜アリーナでレディオヘッドを観ながら、そんなことも考えていた。

## 魅力引力　10月7日（日）

井上富雄さんのベースが観たくて下北沢CLUB251まで自転車をブッ飛ばして花田裕之バンドのライブに行ってきた。
*60

OLIVE OLIVEの2枚目のマキシシングル用のレコーディングでベースを弾いていただいて（結局、お蔵入りしちゃったけど）、とてもとても感激したんです。あんなベースの音ってそれまで聴いたことがなかった。人柄が出てるんです。あったかいんです。無口な方だったけどベースはウキウキしてるんです。ベースってシンプルな演奏だから良し悪しがわかりづらいんだけど、たぶんこんな風に人柄を感じられるのってスッゴイ演奏なんだと思う。

昨日のライブでも同じ印象だった。お客さんをゆっくりと見渡す表情が、レコーディングよりも更に温かく感じられた。人を惹き付ける演奏って、人を惹き付ける「人柄」から生まれるんだよね。きっと！

先日以前のお仕事のお礼のメールしたら、私のこと「しっかり覚えてますよ」って返事が来た。
もし本当に覚えていてくれてるなら、
私も人を惹き付ける音楽家になれる可能性はあるかなぁ？

## 一人でもロックはできるんだ。　10月10日（水）

昨日は渋谷AXで仲井戸麗市のライブを観てきた。
なんか毎日のようにライブ観てるね。アタシ。
すごく刺激になった「1人でもロックはできるんだー!!」と叫びながら1
*61
人でギター1本で3時間も唄いきった彼は、最近のアタシの迷いを吹っ飛ばしてくれた。

---

＊60　実は私が2000年に活動環境がゼロになっても音楽を続けようと思った理由の1つが井上富雄さんにあった。あの時のレコーディングがあまりにも素晴らしくて、「もう一度、一緒にレコーディングをしてみたい」という単純な思いが私に音楽を続けさせているのだった。

確かにバンドは素晴しい！　集まった人間のエネルギーが合わさって大きなエネルギーに変わるのはすごく素晴しい。でも、それは1人1人が自立していてのこと。残念ながら現実には、何人も集まれば集まるほど自分のチカラを加減して身軽に音楽をやろうとする傾向の人達も多い。
それってすごく重たい。うっとおしい（ゴメンね嫌な言い方で）。
あたしは1人でもロックができるアタシになりたい。

仲井戸さんのそんなマーベリック（独立独歩の人という意味）な姿勢は、強くしなやかで美しかった。
お客さんに昔からの友達のように話しかける姿は、温かかった。
最近の世の中について自分の感じたことをストレートに語る姿は誠実だった。
みんなの帰る時間を気にしながら「あとちょっと聴いてね」なんて言いつつ曲を唄う姿はとってもカワイイ。
自分の尊敬するミュージシャンを大切に説明する姿は、音楽に対して謙虚だった。
最後に彼が「きっとイイことあるよ!!」と言った言葉に、ちょっと涙が出た。

昨日51歳になったチャボさん。
ケーキを用意してくれたスタッフに照れくさそうに「こんなことしてぇ、スタッフ変えちゃうよぉーん！（笑）」と毒づきながらも嬉しそうにロウソクを消した。
ずっと多くの人に愛されるアーチストってこんな人なんだなぁって思った。
音楽は人柄だと……そう思う。

私もこんな51歳になれたらいいなぁ。

## 最新コインランドリー事情　11月7日（水）
コインランドリーって最近すごいね。

---

\*61　仲井戸さんの一言に影響されて、この日からアコースティックギターを練習し始めた。1人でライブをしようと決めた。私にとって共同経営者だと思っていたベースが辞めると言い出しても、たとえ1人になったとしても、がんばろうと思った。

Zoomer君で世田谷通りを走っている時に見つけた、真新しいコインランドリーに行ってみた。ここのところ随分と忙しくて、洗濯する暇がなかったのよん。

外からも「キレイだなぁー、広いなぁー」と思っていたけれども入ってみてちょっとビックリ！　椅子とテーブルがあるのはもちろん、無料インターネットに無料のお菓子まで置いてアルじゃありませんか！　他にも靴専用の洗濯機＆乾燥機、ペット用品の洗濯機＆乾燥機なんていう珍しいものまであった（ペットのいる方必見！）。

コインランドリーも随分と進化したものだわね。

やはり値段は高めだけれども、キレイな乾燥機にドーンと洗濯物を放り込むと、しばしのくつろぎタイム。

なんだか気分が良い！

また来よう！

洗濯物を溜めて！（←勝手に溜まるんだけど）

## 大きくなれよぉ！　11月12日（月）

日曜日はアコギを持って駒沢公園に行った。

いよいよ弾き語り人生をスタートさせることにしたのだ。といっても心配性で石橋を命綱を付けて渡っちゃうような私は、まず「公開練習」からスタートした（笑）。

できるだけ人のいない場所を選んで小さな声で唄ってみる（おどおど）。

ところがギャラリー第1号登場！　5歳ぐらいの自転車に乗った女の子。はじめは『ミエナイキモチ』の曲に合わせて頭を揺らしている。それでそのうち自転車のベルで演奏に参加してきた！　リンリンリン……。

彼女のお陰でなんか勇気が湧いてきた！

『不安なの』と新しい曲『いつも心に太陽を』を一回り唄い終えると、今度は大きな声でギターをガンガンかき鳴らしながら、もう一回りやってみた！　悪くないぞぉ！

---

*62　家族に内緒でZoomerという原付きバイクを買った。1人でギター2本を持って移動するためにどうしても必要だったのだ。家族には自転車を買ったと説明していたので、HPにはバイクと書かないでZoomerと書いていた（笑）。

明日は〝人のいそうな場所〟で唄ってみよう……。
あのコに感謝。大きくなれよぉ〜〜！

## 拒食症もデビューだね　11月14日（水）
知り合いの音楽事務所の人達と電話で雑談。
「makoはあと10kg痩せたらデビューさせてあげるよ」だってさ。
カンジ悪い。

## だって決めたんだもん　11月17日（土）
寒いね、寒いね、
外でギターを弾くのは、
とっても寒いね〜。
なにもこんな時期にストリートを始めなくても……。
なんて声もあるけど。がんばらなきゃ〜。

## いつも心に太陽を　11月18日（日）
<u>ストリート・デビュー</u>しました。
[*63]
午後10時渋谷。「やっぱやりたくないよ〜。おっかないよ〜」とオドオドしながら勇気が持てずに街角に１人立ちすくむ。

10：15　「１曲でもイイからやって帰ろう！」と何度も自分に言い聞かせながら演奏場所を探す。でも予定していた西武百貨店の間は先客がいてできそうにない。「やっぱ帰りたーい」

10：30　ギターを持つ手が痛くなるほど徘徊したあげく、人通りの少なそうな公園通りのディズニーストアの辺に陣取る。「ココなら人も少ないからイイか〜」（←意味ないじゃ〜ん、笑）

10：40　さんざんオドオドしたあげくにギターを弾き始める。やっとネ！

---

*63　ストリート・デビューの日。自分の音楽のチカラを信じようと初めて感じた日だ。この出来事のお陰で自分の唄に自信を持てるようになった気がする。まるで青春ドラマのような１日でした。

10:50　噂を聞きつけていつも来るお客さん来客（←ありがたいデス）。

10:55　おっ、ギャラリーがチラホラ!!

11:05　少年達乱入（汗）。唄ってる私に挑発的にガンガン話しかけてくるというか、邪魔してくるというか、怖いっ！
一瞬ビビルが「負けないもんねっ！」と彼らに向かって、熱く熱く熱く唄いまくってみる（松崎しげるの愛のメモリー状態！　笑）。

11:10　いつのまにか、神妙にというか「じーっ」と少年達が正座しながら（笑）聴いてくれる。うれしっ。

11:20　少年達と仲良くなる。「さっきの曲がもう1回聴きたい！」リクエストに応えているうちに『いつも心に太陽を』を結局4、5回ぐらい唄う（おいおい！　笑）。そのうち少年達が通行人を呼び止めてくれる。
「この人の曲、すっげーイイから聴いてってよ!!」
この言葉に胸が熱くなる。あんた達イイ子だよ！

11:40　しまいには『いつも心に太陽を』一緒に合唱してる！　びっくり！　この曲がメチャクチャ気に入ったらしいネ。

11:50　すっごく名残惜しかったけれども肉体的に限界だったので、「これからしょっちゅう渋谷でやるからゴメンネ！」と、不思議なくらいにもっと聴きたがってくれるミンナに謝りつつ帰路につく。

この幸せな時間を終わらせるのは本当に残念だった。本当に皆さんありがとう。どれほど励みになったことか！　最高の気分です。
今まで唄ってて良かった。ほんと。ココロが通じたよ。みんなきっとお金ないのに「すっげー良かったから」と小銭をギターケースに投げ込んでく

れた少年達。アブナく泣くとこだったよ！　アタシ。
また、ちょっとずつストリートやります。がんばります。
最高にしあわせヨ。ほんとにほんとにアリガトウ!!
音楽のカミサマありがとっ。

## 奪っていく人達　11月22日（木）
そういえば最近周りで色々なことがあって、考えたことがある。
人と人の関わりにおいて「与えてくれる人」と「奪っていく人」というのがある気がする。係わりが深くなればなるほどこの2つの関係がハッキリする気がする。もちろん「与え合う」という本当に素晴しい関係もあると思うけど。なかなかできない。

奪っていく人と一緒にいると非常にキビシイ。どこまでも奪っていくからコッチは空っぽになりかねない。でも、私はそんな時には空っぽになることを恐れないで与え続けようと思っている。時にはカッとして奪われないように必死に守りに入ったりもするけれど、結局その行動自体でエネルギーが奪われてしまう。そう、やっぱり奪われていくのよね。
だから、いいよーいいよーって腕を広げて与えてあげる。
いいんだーこれでーって、コッチからプレゼントしてあげる。
そのほうが奪われるより清々しい。
必死に抵抗して失っていくエネルギーや痛みより清々しい。

自分のペースを乱されるぐらいなら与えてあげよう。
そう決めた。

## 新生MAVERICKver4.0　12月7日（金）
午前3時に帰宅。
大宮Heartsのライブは最高でした！
というのも本日メンバーになったギタリストFクンのお陰でしょう。
[*64]

---

*64　メンバーが去り新しいメンバーが見つかる。これも人を成長させてくれる出来事なのかもしれない。

彼とは数日前に45分ほどしか音合わせをしてなくて、正直言って〝賭け〟のようなライブでした。でも賭けが当たりました！　私が生んだ楽曲があるべき姿に表現されて、作曲者として本当に嬉しかったです。

実は昨日まで「もうバンドは解散で終わりにしようか」と思ってました。でも思い直しました。これからの新生MAVERICKver4.0は多分スッゴイバンドになるから。演奏中はモニターの音しか聴こえないからそんなにわからなかったけれども、ビデオでチェックしたら一同唖然とするぐらい良かったよ。今日のライブは一昨日の下北沢でのライブとは別物でした。見れた方は本当に良かったですね！

ちょうど1年前のこの時期に「もう一度バンドをやろう！」と思い立った自分を思い出しました。何よりも何よりも音楽が好きです。そしてバンドが好きです！

## 大人は難しい　12月13日（木）
1日がかりでお洗濯。
頑張ったなぁ～と思ったら、アニエスの気に入っていたシャツにボワーンっと「オレンジ色」が色移りしていた。
去年マレーシアで買ったテーブルクロスが犯人だった。別に分けようと思っていたのに、電話が来てすっかりそのこと自体を忘れていたのだった。
あぁあぁあぁ～、ショック！
「だから洗濯なんてキライなんだぁ」と半ベソをかきつつ、自分のイタラナサにしばらく落ち込む。
1人の大人としてまた自信を失ったのでした（笑）。

ところで価値観って人それぞれ。それはちゃんと知ってる。でもたくさんの場面でそれを摺り合わせていかなくてはいけない。どうやって合わせていけば良いのか。これがいちばん難しいよね。家族でも恋人でも友人でも。

摩擦を怖れてしまうのは相手を大事に思えばこそ。でも雨がふらなければ地は固まらないからね。「勇気を持とう」
相手を大事に思っていることも含めて、ちゃんと考えを伝えよう。
上手く伝わりますように。

大人はいろいろ難しい。

## レコーディング　12月23日（日）

ギターが入ったばかりのMAVERICKver4.0で<u>レコーディング</u>を開始した。
*65
今日はギターのレコーディングだった。
とにかく変な音を録音したがるギターのFクン。
なかなかハマラない。
だってヒッチコックばりの！　ピンク・フロイド風の！　いやっ、まるで大昔のウルトラマンで宇宙怪物が登場する時のような音をやるんだもんっ（笑）。
しかし本人はいたって「本気＆大真面目」らしく、しばらく練習させてほしいと言う。彼いわく「これは熟練が必要なんですよっ！」
言動がいちいちおかしい。

彼はただ今、宇宙怪獣と戦っております。

## 哲学　12月25日（火）

テレビで林真理子さんが、山口百恵についてコメントしてる番組をやっていた。
林真理子さんが「今の時代はたくさんの情報に溢れているから、自分自身が生き方に哲学を持っていないと常に自分の生き方に疑問や不満を持ってしまう」という話をしていた。その点で、山口百恵は生き方に哲学を持って行動してるところが素晴らしいと言っていた。
私にもなんかよくわかる。
生き方にも、音楽にも、自分の中に哲学（これが私の選ぶやり方だ！　っ

---

*65　新しいレコーディングは「デモテープを今すぐ聴きたい」というオファーに応えるために急きょ始めようとした。私は大事なチャンスだと思った。しかしメンバー内で急ぐことに反対意見が出て、結局そのオファーに応えることができなかった。

て信念かなぁ）を持たないと、常に道に迷って前に進んでいけない気が私もする。
もっともっと悩みながら……。
「ただ唯一の祈りを、ただ唯一の生き方を、ありのままの私を唄いたい」
（Introduceの歌詞）

## 12月27日（木）　恥ずかしながら私信です

たったいまmako実家からお怒りの電話が……。
HPの掲示板でお巡りさんに違反で呼び止められた話題で盛り上がってたら、私の"Zoomer"が自転車じゃなくて原付自転車だということがバレちゃいました（実家には自転車だと説明してた、笑）。

父上、すいません。黙ってバイクを購入して乗ってます。しかし飲酒運転もスピード違反もしてません。乗らなくてよい時は乗らないで済ませてます。確かに危険ではありますが、深夜に大荷物を持って１人でテクテク何時間も歩いて帰ってくるよりは安全だと思われます。
お巡りさんに止められたのは、渋谷の交差点で右折の仕方が間違っていたからです。お巡りさんも「原付じゃなくて中型免許とってくれたほうが違反にしなくて済むんだけどぉ、ははは」なんて無茶苦茶なことを言ってました。罰金といっても3000円です。すぐ納めます。
あと、ちゃんと生活してます（笑）。いたって健康です。献血できるぐらい健康です。あと10kg痩せなさいとまで言われてます。
父上に似て、太りやすい体質なので気をつけているだけです。
心配かけてゴメンなさい。

HPは親族も見てるから、やたらなこと書けないねぇ。
正月に実家に帰るのやめようかな……コワイ（笑）。

\*66　この頃から私はレコーディングにおいて遠慮せず積極的にイニシアチブをとるようになった。プロデューサーという単語は嫌いだから自分では「優しい仕切り屋」とか「保母さん」と呼んでいる。

## 年末もレコーディング　12月28日（金）
昨夜のレコーディングも盛り上がった。
*66

「横で見てるとmakoちゃんと新しいギターのFクンは先生と生徒みたいだね（笑）」とレコーディングを見学に来た友人に言われた。私って仕切りたがりの仕切り上手なんですよ。でも先生なら保健室の先生がいいなっ（笑）。
年末にもレコーディングしてるなんてハッピーだなぁ。

今、近所の方にすれちがったら「音楽活動はいかが？」と聞かれたので、「毎日バイクとかで人が出入りしてて騒々しくてすみません！」と謝っておいた。なんとかレコーディングの騒音は大丈夫そうだけど、ヤハリ人間の出入りは目立っているらしい。
色んな髪の色の人が出入りしてるからねェ……。

## 初弾き語り　12月30日（日）
渋谷club乙での「大統領ナイト」というイベントに出た。私にとっては、
*67
初の弾き語りライブとなる特別なライブだった。
ここに書ききれないぐらい色んなことがあった。スペシャルな1日だった。

1人でライブハウスに出演するなんて生まれて初めての経験だった。いつもはメンバーが誰か来ているはずのライブハウスに1人でポツンと着いてみて、初めて「今日は1人でライブするんだなぁ～」って実感が湧いてきた。しだいに緊張でお腹の調子が悪くなってきちゃった。「心細いわん」

ちょうどイベントのゲストのBlind Lemon Brothersがリハーサルをしていて、会場はピリピリと微妙な緊張感。
私はアコースティックギターのスピーカーからの出音をじっくりと聴いてみた。「club乙のオペレーターさんは私の好みの音だわっ、良かったぁ。そ

---

*67　大統領ナイトとは友子ちゃんという女性がやっているイベントだ。彼女が誘ってくれたお陰で、この日が私の記念すべき初の弾き語りライブになったのだった。2001年の年末は素敵な年末だった。

れにしてもBlind Lemon BrothersってTVで何度か見たことがあるけど、天才ハモニカ少年と呼ばれたTaro君は随分大きくなったのね〜。本気でかっこいいわ！　でもお父さんメチャ怖そ〜う」
私の横で見ていたフロウズンのアルちゃんは、「makoちゃん、本物の音だぜ〜。この人達カッコイイよね！」と超ノリノリだった。

自分のリハーサルが始まった。ストリートで学んだ経験などを生かして本日は座って演奏！　これなら安定して演奏できるのさっ。しかし緊張ってすごいよねっ。事前に想像もしていないハプニングが起きるんだから……。
右足が小刻みに震えるんです。しかも36分音符ぐらいの速さで！（笑）
この症状は本番はもっとひどくてお客さんにバレバレでした。はずかしい。

本番はあっというまだった。右足の震え（スカートで隠してたけど）が逆に頭をクリアーにしてくれた。「震える足は勝手にやらせとこう！　自分はありのままで唄おう！」そう思った。

見てくれた方ありがとう！　私は楽しかったよ。あまりたくさんの人に見てもらえなくて残念だったけれども、１人の不安感やギターへの苦手意識も乗り越えたし、とにかく唄えてハッピーだった。とにかく自分らしかった。あの場で唄えて嬉しかった！（←本日も大興奮）

他の出演者も最高だったよ。仲良しのバンド、フロウズンとは初めてちゃんと共演できて嬉しかったしね！　Blind Lemon Brothersの父・明三さんにはかなり励まされちゃいました！　彼によると私のアコギは良い音をしてるんだって。「このギターに出合って良かったなぁ〜」
口は悪いが心は紳士な素敵なお父さんでした。

打ち上げ終わって店を出る朝の５時。
渋谷の駅前で「makoちゃん１曲唄ってよ！」とミンナに言われる。おい、

疲れてんだぞ！　咽もガラガラなんだぞ！
しかし、お人好しで頼みを断れないのがワタクシ（笑）。ギターをおもむろに取り出して『いつも心に太陽を』を唄ってみた。あんなに酔っぱらって唄ったのは初めてだ。声はひどいが心は錦……すっごく不思議な感じだった。

私のキライな12月も今年は悪くない。

2002年
嘘をつく日々に慣れないで

## 平和なお正月　1月2日（水）

1日の昼間はずっとソファーで寝てしまった。
去年の疲労がどばっと出た感じかしら。
そして夜になって、あわてて年賀状を〝作り〟始めた（笑）。
おいおい今頃かぁ？
すみません。

ちなみに大晦日は「マサイの戦士」（←知ってる？　牛乳の変てこりんな感じのヤツだよ！）を飲みながら「猪木ボンバイエ」を観てました（笑）。プロレスってエンターテインメントだわっ。最初は「どうせデキレースじゃん！」なんて笑ってましたが、最後には画面に引き込まれて感激してました。私って単純だわぁ。

そして深夜は家族で『ムトゥ踊るマハラジャ』を観てました。何度観ても笑える。両親もかなり気に入ったらしく、珍しく最後まで一緒に観ていた。我が家はみなインド人に馴染めるらしい。ははは。
ところで台詞に日本語っぽいものが何回も出てくるのだけれども、あれは日本語なんだろうか？　それとも空耳アワーなんだろうか？　誰か知っていたら真相を教えてくださいね。このままでは、こんなことで、姉と意見が対立したまま正月を終えてしまう（笑）。

<u>こんなお正月もいいんじゃないかしら？</u>
[*68]

## 食いだめ　1月3日（木）

典型的な正月太り。
Ｇパンが「かわいそーっ」な感じになっている（笑）。

構成要素：中華＆和食のおせち料理、カニ、イクラ、飲茶、アイスクリー

---

*68　穏やかな新年が始まった。これからは弾き語りとバンドと両方のスタイルで活動を始めることに決めた。なんだか心が自由になった気がしていた。

ム、果物、Dペプシetc...

これが普段の食生活で10日ぐらいに分けて食べられると、カナリありがたいんだけどネ〜（笑）。
「食いだめ」不可能に挑戦してます！

## 今年の意気込み　1月4日（金）

今年の目標……。
ボンテンマルハ　カクアリタイ……。
鳴かぬなら鳴かせてみせようホトトギス……。

駄目でもイイから限界までやれることは何でもやってみよう。
敗北は認めよう。
理想論で語るな。
相談は謙虚にたくさんスル。けどいちいち全てには左右されない。
しっかり考えてから始めたことには、絶対的な自信と責任を持とう。
誰よりも多くの時間と、フル回転での頭と、
ギリギリのお金の全てを1つのことに注ぎ込む。
愚痴るけど謝る。
感謝の気持ちを持とう。
問題を提起するなら解決方法も提起しよう！

命、短し、恋せよ乙女……。
日々是決戦……。
ノン気は損気、根気は勇気……。
即行動……。
せっかち万歳!!

## 妬かれるうちが華だけど　1月8日（火）

私って……。
アフロだし、派手だし、バンドやってるし、
いつもオトコのコの輪にいるし、仕切っているし、
だから〝ススンダヒト〟だと思われがちだ。
これはハッキリ言って間違いだ!!

私は女のコとして常に保守的で慎重に生きている。
単に職業上の行動が一般的ではないだけで、「オトコ好き」でも「ウーマンリブ」でもましてや「フリーセックス」でもない。ライブの打ち上げの時だって、けっこうオトナシイのだよ。
私の憧れは「池中源太80キロ」の坂口良子だし（←古いっ、笑）、穏やかな日常です。本当です。たぶん。
オネガイだから勝手にやきもち妬かないでぇ。
君達の大好きなバンド少年達を、捕って喰ったりしないからぁ（笑）。

もともと私は異性とはかなり冷静な線を引いてお付き合いしてます。そうじゃなきゃ、家のスタジオで朝まで作業なんかいたしません！
「男性に対してフレンドリーでも根っこでは毅然とした付き合い」
これが一番カッコイイ女のスタイルだと私は思ってる。
「女性に対してしっかりとした優しさと距離を大事にできる人」
これがカッコイイ男だと私は思ってる。
それに「マンガやドラマで見るほどミュージシャンはイージーな人種じゃない」とレコード会社にいた頃に周囲の方々を見ていて実感したしね。
たのむわかってくれ～～。

女房　妬くほど、亭主　モテない。

---

*69　「池中源太80キロ」とは、西田敏行が主演してたテレビドラマです。子供の頃学校から帰ってくるとテレビで再放送をやっていて、いつも見ていました。登場する坂口良子は優しくてカッコよくて、大人の女って素敵だなぁと私は憧れていました。

## 足音　1月21日（月）

ネズミの足音が聞こえる（気がした）。これは侵入者なのか？
あまりに忙しいために空耳が始まったのか？
渋谷のドン・キホーテでネズミの嫌う超音波が出る機械を購入。
こんなに安くて効果があるのだろうか？
明日、バルサンでも焚こうか？
だれか良い方法を知りませんか？
ちなみに目前での殺生はできません。
蚊でも殺さない私だからネ。
けっこう、まいるなぁ……。

## 晴れたり曇ったり　1月22日（火）

ネズミ足音聞こえず。しかし予断はゆるさず。
いくつか理由を考えた。近所に居酒屋ができたこと。ゴミの収集場所が近所になったこと。近所の野良猫が少なくなったこと。

最近、自分に「ナレコレプシー」、または「ストレス性過眠症」の疑いを持っている。睡眠というのは当たり前のようだけれども、重要かつ繊細なものだ。気をつけよう。治らないようなら病院へ行ってみよう。

一昨日はＦクンと朝まで飲んだ。お酒を飲んで楽しい相手はけっこう少ない。ヤツは見てるだけでおもしろいのでとっても楽しい。しかしヤツにはまだ八代亜紀の素晴しさはわからんようだ（笑）。
楽しかった。お陰ですこしリラックス。

昨日、イベント出演の誘いとかあって嬉しかった。
[*70]
誰かに必要とされることが、私達が存在するただ１つの支えだから。

---

*70　この時期から、私が１人でライブのスケジュールを組むようになったのだけれど、上手いやり方がわからなくてカナリ苦戦してました。

## 希望をくれた人　1月23日（水）

最近よく思い出す人がいる、名前も知らないけど。
中学生の頃、「写真クラブ」にいた。入った理由は"誰もいなかったから"それだけ。しかし家にあった一眼レフをかかえて色々な写真を撮るのは楽しかった。

ある時、顧問の先生に呼び出されて、「放課後、ココに行ってください」と紙を渡された。学校の近くにある写真屋さんだった。言われるままに行ってみると、そこで働いていたお兄さんが「よく来たね～！」とニコニコしながら私を迎えてくれた。いろいろな写真を見せて本格的な写真の話を彼は夢中で話してくれた。私はどうでもよかった。
しばらくすると私に「君の撮った写真をコンテストに送っていいか？」と聞いてきた。顧問の先生に1枚の写真を見せられて気になったらしい……。どうでもよかった私は「いいですよ」と20枚ほどの写真とネガを1本渡した。中の全部の写真を見て彼はとても興奮して「すごいねー」なんて言っていた。自分のことのようにワクワクしながらいくつかのコンテストの応募要項を見ていた。けど私はどうでもよかった。

当時の私は2年ごとに転校していて気持ちがカナリ荒んでいた。他人と関わることも、夢を持つことも、自信を持つことも、明日のこともどうでもよかった。
数ヵ月後……自宅に賞状や高価なカメラがいくつも届いた。
素直に驚いた。嬉しいよりも驚いた。
そのカメラ屋さんに報告に行った。「当然でショ、君は！」と彼は笑った。
それっきりその人と会ってない。
写真もやってない。

学生コンテストで賞をもらったって、そんなスゴイことだとは思っていな

い。でも、それ以来、私は初めて自分の未来が楽しみになった気がする。彼のお陰だ。
自分の才能に気づいてくれる人に出会うと希望が生まれる。たとえほんの些細な才能でも、自分のことを自分で全てわかりきっていないってことが、この先の楽しみになる。

私も誰かの可能性に気づけるヒトになりたい。誰かの希望になりたい。いつもそう思ってる。
あの人どうしてるかな……。

## 素晴らしい心　1月29日（火）
私が興味を持っている人物、世界的デザイナー、川久保玲さんの特番をさっきやっていた。

――若い人達に、もっと美しいものは色々あるんだと少しでも気づいてもらえたら、今まで健闘してきた甲斐があると思います……。
川久保玲さんがさっきテレビで言ってた言葉。

「本当に素晴しいものは全ての人に気に入られるわけではないから、パリ・コレの後、あまりにも評判が良いと自己嫌悪に陥ります」
こんなことも言っていた。
売れてナンボの商売、そして誰にも作れないものを生み出し続ける商売。ある部分では正反対な意味を持つ。世界の川久保玲は細い糸の上をどちらに傾くことなく、全力で走ってる人なんだなぁと思った。
これまた新進の世界的デザイナー、アレキサンダー・マックイーンは以前、テレビのインタビューで「プライベートは川久保玲の服しか着ない」とまで言っていた。彼はさっきのテレビでも「デザイナーにはわかります！」という前置きで、彼女のあまりにも斬新で評価の分かれた'97の作品を解説していた。

彼女のコムデギャルソンの服はなんだかパワーがあって好きです。私はライブの時にしばしば着てるんで「ふーんこれかぁ」って思って見てちょうだいね。

## バイソン　1月31日（木）
苺を持って友達が遊びに来た。
*71
ミックスダウン中の私は酷い格好で迎えた。たいへん失礼いたしました。
苺って大好き。一人暮らしではあまり買うこともないけれども、
たまに食べるからこそ価値がある気もする。

そういえばケーキって子供の頃はめったに食べることなかったなぁ……。
小学生の頃、武蔵小金井に「バイソン」というケーキ屋ができて（今はないらしいけど）、働いていた母が給料日には姉と私に１個ずつ買ってくれた。当時にしては珍しいヨーロッパタイプの見た目も美しいケーキ。
特にブルーベリーか何かのシロップがかかった円錐型のケーキが私のお気に入りだった。ゆっくりと上のムース状のクリームを食べて、それに満足すると下のタルトの部分と一緒に食べる。そんな風に食べきるまでに多種多様な味わい方を試してみた。そのぐらいケーキには価値があった。食べ終わった時の「満足感と寂しさ」は、こんな飽食の時代にはあまり感じなくなった気がする。季節物の果物を除いては！
大きな大きな苺をパクパク食べながら、「次回こんな旬の苺を食べられるのはいつだろうなぁー」って思ってキュンとなりました。
あー、タイムマシーンができたら
またバイソンのケーキを食べに行きたいなぁ。
苺ありがとね！

## がんばった。　2月8日（金）
<u>CDできたよ〜</u>。
*72
あ〜、がんばった。

---

*71　バンドの友達が増えてきて、お互いに良い部分を見つけるという行為がどれほど大事なのかがわかってきた。私だけじゃなく、みんなが自分の音楽や活動に不安や悩みを抱えているとわかってきた。だからこそ、私は相手に希望を伝えられるようになりたいと思うようになった。

みんながんばった。
あ〜、アタシがんばった。

4曲入りミニアルバムです。
タイトルは「狼アタック」です。
なんかすごいです。
宅録の最高峰って感じ？（笑）

みんな帰ったので、1人で飲んでます。
あ〜〜、バンドってすごいね。
とりあえず1000エン握りしめて、
ライブに来ておくれ。

## ライブ　2月11日（月）

ナガイ1日。朝の6時に目覚める。
今日はライブだ。できたばかりのCDの販売も始めることになっている。ジャケットとフライヤーとアンケートなぞを作り、ギターのFクンの到着を待つ。昼前にFクンが来る。2人でもう一度CDを聴いたら、やっぱりどうしても納得できないところがあって手直しをすることになった。
急いでMacを立ち上げてマスタリングをし直す。ひえー、時間がない。しかし手を抜くことなく、納得の音源にする。CDを焼くにはギリギリの時間。2人で手分けをしながら1個1個を焼いては包装していった。あせあせ。
「遅刻する〜」と焦りながら池袋へ急行。
リハには間に合う。リハはいつも通りさっさと終わる。
本番まではウダウダと時間を潰す（←これが疲れるのよねっ）。
本番は、前のバンドさんがハード過ぎたのか、お客さんが半減（笑）。しかしそんなことは良いのよ良いのよ！　馴染みのお客さん達の顔が私を励ましてくれるから。

*72　年末に始めたレコーディングは1ヵ月以上かかって完成した。みんながアルバイトに追われ過ぎてて作業の時間が取れなかったのだ。私はだんだんイライラしてきて、時間をかけ過ぎるのも良くないなぁってちょっと感じてた。

いつになくエネルギー放出のステージに自分でも自分がコントロールできなくなった。『Introduce』でなぜか抑えきれない感情が爆発して「ふざけんな〜」と叫んでしまった！ あれは何だったんだろう？ 誰に向かって言ったんだろう？ 何に向かって言ったんだろう？ 自分でもよくわからない。ただ勝手に叫んでしまった。本当に謎だ。でもそのぐらい爆発していたの。曲が終わってMCになっても言葉が出ない。水を飲んで少しして初めて言葉が出てきた。いつになくギクシャクしたMC。まあ、あれもアリだよね。

そこからは自分としては冷静さを失ってあまり覚えてないけど、根拠のナイ充実感に襲われたライブができたような気がする。

打ち上がって飲みまくって語りまくって満足して、ただ今帰宅。


こんな1日をずっと前から過ごしてみたかった気がする……。
と帰りに1人で思った。
CDは満足なできです。ライブも前に向かって歩き出した気がします。
これを一緒に味わってみませんか？


## 富士山になりたい　2月12日（火）

本日、諸事情により遠くに来た。
途中、モノレールから見えた真っ白い粉砂糖をまぶしたような富士山は、とても大きく見えた。子どもの頃、何かで「周りに高い山がないからこそ、あの美しさが映える。」と書いてあった。なるほどー。周りの山々は富士山の裾の飾りのようだ。


何かを引き立たせるには、周りが引くことが大事なんだよね。
今回のレコーディングでもライブでもそのことを感じたことが何度もあった。私だけが富士山だったらソロ・アーチスト。みんながそれぞれ富士山の瞬間があるからバンド。そんな風に感じる。


*73　実はこの日「私は唄っている時だけ自分のコトだけを考えていられるんだな」ってステージで思った。だから唄っている瞬間はとても幸せな気分になれるんだと思った。

一昨日のライブでは私が不調だったけどその代わりにリズム隊が「ザ・富士山」になっていたので、それで十分だったのかもしれない。でも、アタシはちゃんと富士山でいたい。富士子になりたい。峰不二子になりたい（笑）。

次回のライブでは私が日本一の山になってやるぅ。

## アボカドのケーキ　2月15日（金）
ここのところ完全な引きこもり状態だったので、気分転換にカフェ コムサに出かけた。
*74
「makoさん！　私あそこに行くと2個もケーキを食べちゃうんですよ！」
先日そんな風にお客さんが言っていた。
なるほどっ!!　こんなに美味しそうなケーキが並んでいたら1個になんて絞れないわっ。ショーケースの全部のケーキを食べてみたいもん！
さて、食べ物に迷った時、あなたはどうしますか？
1．値段で決める
2．ボリュームで決める
3．見た目で決める
4．珍しさで決める
それぞれ落とし所があると思いますが、今回の私は珍しさで決めてみました。
〝アボカドのタルト〟。
アボカドって、あのアボカドだよ！
食べてビックリ。おいしい。でもアボカド。やっぱりアボカド。
紅玉のタルトもちょっと食べました。
「なまら旨い！」（←北海道弁です）
すでに次回食べるケーキもチェック済み。

一緒に行きたい人手ぇあげて～！

*74　やっぱり東京は、私にとっては何かに挑む場所なんだと思う。孤独っていう気分も自分で選んだ孤独なら、悪くないんじゃないだろうか。

## 戦線復帰　2月16日（土）
約1週間の休暇らしき時間を終えて東京に戻ってきた。

こんな風に音楽から完全にはなれて数日を送ったのは久しぶり。
東京に戻ってくると、また自然と心が引き締まってくるのがわかる。
玄関のドアをあけると、まるで夜逃げの後のようだった。
全てを途中にしたまま、取るものも取らずに家を出ていった数日前の自分の姿が目に浮かぶ。
脱出。逃亡。そんな感じかな。
さて片づけから始めよう。
もう一度、初心に帰ろう。
たぶん東京も悪くない。

## 忙しいナマケモノ　2月28日（木）
昨日は長い長い1日だった。
よく動いた。

先日友達のアルちゃんから「makoちゃんは動物に例えると、メチャクチャ忙しいナマケモノだよね」と言われた。
なかなか上手い表現だ。
忙しいの好きよ、でもボーっとしてるのはもっとスキ！

## プロの眼　3月13日（水）
先週、<u>ロンドンとパリに行ってきた。</u>
[*75]
偶然にもまた私の好きなロンドンに行くことができて、とてもラッキーだった。気分がどうしても落ち込みがちな時、ロンドンや今回初めて行ったパリは、私に勇気をくれる気がする。
それはたぶん、あの子たちのお陰なんじゃないだろうか？

---

*75　母がロンドンとパリを旅行したいというので、添乗員がてら、ちゃっかり連れて行ってもらった。やっぱり旅に出ると心が元気になる。ツアーには入らずにすべて私が個人で手配をする。移動もすべて地図を見ながら自分でする。これらをするのは大変だけど、本当に心に効く薬だよ。

それは「スリの子供たち」。

今回もたくさんのスリの子供に遭遇したんだけれども、初めて遭遇した時のあのショックはもうなかった。それどころか、なんとなく新鮮な気分になった。彼らの野性的な貪欲さや行動力や眼差しに、なぜか励まされた。

私は小さい時から周りに気づかいばかりしてしまうところがあった。根本的にお人好しな性格だったりもする。でもね、でもね、何かを求めたり、追いかけたり、必要としたりする時には必ず何かを失ったり、トラブったり、誰かを傷つけてしまうコトがあると思う。全てが丸くおさまるなんてコトはたぶんない。それは自分でもわかっているんだけれど、いつも怖くて遠慮して一歩が踏み出せなくなってしまう。

今回パリで見かけたスリの子たちはハイエナのようだった。
見つけた獲物に一瞬で群がって遠慮なく皆で手を突っ込んでいた。でもさぁ、あの子たちってなんだかイキイキしている。不思議なくらい。
遊ぶ金欲しさに同級生や下級生からカツアゲしたりするボンとは違う。
あれは〝プロ〟の眼だった。
遊びじゃないから、本気だから、私みたいに他人に躊躇しないんだ。きっと。そんな風に勝手に思った。なんだか勝手にスッキリした。
私は〝プロ〟の眼になりたい。だからもっと野性に忠実でいこうかなぁって思う。遠慮なく。躊躇なく。真っ直ぐに。
でももちろん思いやりも〝自分のできる範囲で〟ベストは尽くしたい。
だって人間だから。

## カエル王子　3月19日（火）
数日前、玄関のドアをあけると目の前に茶色の葉っぱが2枚落ちていた。
じっと見ると、カエルだった！
土ガエルかな？　けっこうデカイ。それが2匹。

2匹が50cmほどの距離で見つめ合っている。交尾するのか？　縄張り争いか？　どっちにしても珍しい光景だった。そういえば以前、うちの玄関の中にデカイのが1匹入ってきたこともあったなぁー。
どうもカエルに好かれているらしい。私。
大切にしたら、ある日とつぜん大金持ちの御曹子にでも変身してくれればいいんだけど……童話みたいなことはないよね（笑）。

本格的な風邪がなかなか治らない。
まずいぞ、これは！　唄えないではないか！　まいったなぁ〜

## 病気と治療　3月24日（日）
熱が38度を行ったり来たりしてる春の一日。げっほ。げっほ。

難しい病気を持っている友達からの電話で目覚める。
最近よく電話をくれる。「今日はまったく体が動かなかったから仕事に行けなかった」そんないつもの会話。
「あんまり無理しないでね」「はいはい」
別に電話で喋ったからといって何も変わらないけど、しばしば私に電話をしてくる。なぜだかね。ちなみに彼は治療を受けてません。「お金ないし」と言っているけどそれだけじゃなく、治療を受ける気がないみたいです。不思議な人です。
でもなぜかちょっと理解できる気もする。すべての出来事をなすがままに受け止めて生きている。それもアリなんじゃないかと。「用はないけどまた電話するね」「はいはーい」これもいつもの会話なのでした。

## 結果が欲しいけど　3月25日（月）
ずっと寝ていた。っていうか起きられなかったの。
明日ぐらいには元気になっていると思うけど。
風邪治してね！というたくさんのメールをもらいました。ありがとう。

30日には良いライブができるようにがんばって治すからねっ。

ベッドの中でずっと考えていた。
これからどうゆう活動をしていくか？　ということ。
あのさぁ、今年は本当に自分のケジメの年なんだよね。色々な意味で。

今から数年前に『HappyLuckySunnyDay』という1曲を作ったことから数々のオーディションに引っ掛かって、その中でソニー・ミュージックアーチスツというバカでかい事務所に入った。でもそこでジェットコースターのような出来事を「うぎゃぁ」っと経験して、プロとしての悩みや苦しみや幸せも味わったあげく、インディーズレーベルからオムニバスとマキシーをリリースした後、4年近くが経過した2年前に自分から全部を辞めました（なんでこんなことを書いてるんだろ？　熱のせいかなあ？）。精一杯がんばってたと思うけど、この数年間は納得いかないことのほうがあまりにも多過ぎた。

今の私はこの数年間に感じたこととか自分の言えなかったキモチとかを、吐き出すように唄ってるような気がする。

どんなに最善を尽くしても上手くいかないこともある。
でもそれを受け止めて生きていくしかない。
どんな時も自分の精一杯で生きていくしかない。
たとえ上手くいかなくても。

今年はたくさんライブします。レコーディングします。
とりあえずヤリ倒します。走ります。転びます。でも走ります！
理解されなくても、理解して欲しいと願いながら、一生懸命に走ります！
結果が欲しい。でも<u>結果が出なくても走ります。</u>
<small>*76</small>
走らないで出る結果よりも、走って出た結果のほうが納得できるから。

---

*76　私の人生のテーマに「敗北を認めるところから前進はある」というのがある。敗北を語れるようになるってことは前進を始めてるってコトだ。この頃やっと私は歩き出したのかもしれない。

さあ、熱もちょっと下がったし曲を作ろう。

## 依存症　4月1日（月）

今日、テレビで依存症のことをやっていた。
インターネットやメール、ギャンブルや買い物……いろいろあるよね。
私も何かの依存症だろうか？
うーん、
「あ、日記書き依存症だっ」
すみません、毎日書いてたら止められなくなっちゃいました。いつまで続くか賭けてみませんか？（笑）
でもこれは今のところ他人に迷惑はかけていないし、そんなに困ることはない。依存症で困るのは周りに迷惑がかかったり日常生活に支障が出てきたりする場合だろうね……。

最近アルコール依存症の人が周りに多いです。軽度の場合は本人も周りも危険認識が薄いようで、私は心配してます。昔、知り合いの精神科医の方が「20代の学生とかの若者にアルコール依存者が増えていて心配だ」と言ってました。私は周りの人間の意識にも問題があると思います。たくさんお酒を飲んで酩酊することがカッコイイと思ってる人間が多いような気がします。
それって幼稚で安っぽい発想じゃないのかな？　大人な酒の楽しみ方も覚えたほうがいいんじゃないのかな？　自分でワケわからなくなるほど酔うのは「たまーに」ぐらいにしましょうよ。周りも酔っ払いに更に酒をすすめるのはやめましょうよっ。お酒だってドラッグと同じように危険なんだし。

あと、これを読んでる大人の方……ぜひ自分の子どもや親戚の子どもに「迷惑をかけない」「体を壊さない」酒の飲み方を伝授してください。放任と無責任は違います。若い人が早死にとかしないためにも、ちゃんとコミ

---

*77　新たな問題が出てきていた。音楽と関係ない問題。でも見過ごせない大きな問題……。

ュニケーションをとってください。お願いします。

依存症も上手に使えば生活に役立つこともアル。
「貯金依存症」「作曲依存症」とかね。

## 声帯ってカワイイ　4月4日（木）
咽＆声の専門医「東京ボイスセンター」に行ってきた。
最後の支払いが思ったより高くてまいったけど、
　自分の〝声帯の写真〟を撮ってもらった。
　　　　*78

生まれて初めて見る自分の声帯。やっぱり内臓だから生々しい！　でも声帯は周りの赤い粘膜と違って白くってちょっとカワイイ。居酒屋のトリ軟骨みたいな色。その細長いのが２本、声を出すたびにくっついたり離れたりしている。おもちゃみたいでカワイイ。よしよし。

声帯自体は問題ないらしい……。
実は昔からこのことをずーっと心配していたのです。
大昔、ボイストレーナーの人に「変わった声の変わり方をするから１度お医者さんに診てもらいなさい」と言われたことがある。「それって唄に向かないって言われるのかもぉ」そう心配した私は怖くて医者に行けなかったのだ。

「唄に向かなくないですよ。大丈夫ですよ！」この一言で随分と楽になった。「ただ、体に力が入ると変化しやすいみたいですね」ようするに不安とかストレスとか緊張とかで声帯が変になりやすいらしい。
さすがは精神的に繊細な（←自分で言うなって？）私の声帯！　私の状態がそのまま過敏に反映されるのね。やっぱカワイイやつだ。

確かにストリートでもお客さんが立ち止まってくれると気持ちが安心する

---

*78　歌い手の楽器は体であり、声帯である。自分の楽器を目で見るのは大事だ。もっと楽器を大事にしようと思うから。この時にもらった声帯の写真はいつも手帳に入れて持ち歩いてます。

のか、急に声の延びが良くなる。1人で弾き語りをしてるとイッパイ練習して自信のある曲は柔らかい声でツヤツヤ歌えるし、ギターが難しい曲はかならず声がカスれる。バンドだと色々と心配事が多いからか、本番でなかなかイイ声が出ない。不思議なもんだ。

今日は病院に行って本当に良かった。
スッキリしたし、声にも咽にも不安がなくなってホッとした。逆に精神的なことをもっと大事にしないと声が良くならないんだとわかった。がんばろう。いや！ 本番でがんばらないようにガンバロウ！ 私は心配性なので心配事を1つ1つ減らしていくのも良いのかもしれない。

なかなかおもしろい病院だった。
けっこうイイ男だったし。センセー。

## 水は低いほうへ流れる　4月18日（木）
アメリカの現実「どうしてビールはよくて、ドラッグはイケナイの？」と警察官の父にドラッグをやった娘が叫ぶ。そして父親はアルコール依存症。こんな映画があった。

私はアルコールもドラッグもある意味でアレルギー体質みたいなもんだと思う。例えば食物アレルギーってそれを食べても発作を起こさない人もいれば、死に至るほど発作を起こす人もいる。アルコール等の場合でも自分でコントロールできる人も確かに存在するけど、本人が気づかないうちに全くコントロールできてない人もかなりいる。そしてそういう場合、本人や周りが思っている以上の問題が、ある日突然に起きたりする。

痴呆や幻覚や判断ミスや記憶障害、相手が不愉快な状況を作る……それではもう「仕事」はできない。会社なら即刻クビだ。学生やフリーターや自由業に依存者が多いのは、周囲がその状況を許すから。それが異常な状況

*79　この頃からアマチュアのミュージシャンに対して疑問を感じることが増えてきた。この人達は何のために音楽をやっているのだろうか？ 単に社会人になりたくないだけなんじゃないだろうか？ ってね。

だと気づかないで生きている集団だから。

もし仮に自分がコントロールできるからといって、誰でもそうではないのに平気ですすめたり肯定したりするのは絶対に間違いだと思う。

ただでさえ自活するのは困難な今日に、社会人になる前にこんな環境を作ったら、一生このままいくだろう。いつまでも子どものままでいる訳にはいかないってことに気づかずに50代を超えた人達を、私は少なからず知っている。彼らのような人達がこれから増えるのなら、日本は生活保護で財政が回らなくなるんだろう。確かに若いということは先のことを考えずに冒険できることかもしれない。でも何も考えないのでは愚かすぎる。
*79

水は低いほうへ流れる。
それをせき止めるには知恵が必要だよね。

## 嘘をつく日々に慣れないで　4月20日（土）
それはあまりに単純で幼稚な嘘だった。
でも不思議と過去の出来事すべてが嘘に思えてくる。
素直そうな言葉がすべて嘘に思える。
残念なことに私には愛情とともに知恵がある。
他人に振り回されながら自分の生き方を見失っていく、
不幸なタイプじゃない。
愛情ある悲しい決断を迫られていくのだろうか？
*80

私は強くて良かった。でも強くて悲しいね。

## オオカミの生息地　5月5日（日）
久しぶりに１日１人で家にいた。のーんびりした。
私は動物占いでオオカミです。そんで、特徴が「生息地：自分の部屋」な

---

*80　この時にバンドをやめてソロで活動しようと決めた。何かがあるとアルコールに逃げていくＦクンとは続けられないと思った。何よりも酔って簡単につく嘘が悲しかった。

んて書かれています。とても当たっている。引きこもるの好きだもの。

1人で部屋で一番楽な状況を作れると「ぽよーん」とココロが伸びきって自然な頭になる。そしてしばらくすると、大好きな人のことも、大嫌いな人のことも、全部がずっとずっと遠い場所に行ってしまう。
チョットした旅行だね。

最近は毎日がチョットさみしい。チョットたのしい。

## 友達　5月10日（金）
高校の頃からの友人Sが遊びに来た。
東京で彼女の研究分野の学会があったらしく、その合間にフラっとウチにやってきた。彼女と会うのはすごく久しぶりなのに毎日会っていたかのようだった。鍋を囲みつつ昔と変わらずのんびりと過ごした。

彼女とは高校時代と卒業して1年ほど一緒にバンドをやっていた。彼女はドラム、私はギターだった。私が車の免許をとってからはスタジオ練習の帰りは必ず車で送っていって、彼女の家の前で空が明るくなるまで何時間も2人で話をした。私の数少ない仲良しさんだ。大人になってもあの頃と変わらずいっぱい話す私達。あっという間の数時間。お互いに進む道は違うけど、昔と変わらず一生懸命な彼女の生き方にとても共感を覚える。

帰る間際に私の弾き語りのCDを聴かせると、私の成長ぶりをとても喜んでくれた。私も彼女に喜んでもらえてとても嬉しかった。
さてさて、次に会う時までにもっと素敵な音楽を聴かせられるように精進しよう！

## プライド　5月15日（水）
どんなに頑張っても上手くいかないことって、

残念だけれども実際にはたくさんある。
でもそれを受け入れてからの努力は確実に身になっている気がする。
上手くいくことを期待しての努力じゃなく、
自分が本当に必要だと思うからする努力。

10年後の自分のために生きよう。
他人に誉められるためではなく、
自分の誇りのために。
これがプライドっていうんじゃないのかな。

7年も前に作った曲が最近やっと自分のものになってくれた気がする。
なんて素晴しいんでしょう！

## 恋愛の科学　5月15日（水）
「本当は僕のこと、好きじゃないでしょ？」
この質問はホントに困る。
人を好きになるってことは詳細な理由を説明できるものではない。
「そんなことないわよ！　だってあなたは背が高いし、高収入だし、高学歴だし、好きに決まってるじゃない！」
ほーら、もし理由が言えるならそのほうが怪しい。

最近バンドのファンの人達や自分の恋愛観を分析していて、「好き」っていうのは相手の行動や言動や将来に興味があるっていうことなんじゃないかと思うようになった。だからこそわかりたいから追いかけるし、未来に対してプラスなことをしてあげたくなる。
[*81]

好きっていうキモチはすごい経済効果を生むんじゃないのかな？
厚生省＆財務省＆日本銀行の後押しで「日本恋愛活性化対策委員会」とか作ったらどうだろうね？　文部省でも授業に「告白の仕方」とか「デート

---

*81　この頃からまた恋の歌を唄いたくなってきた。OLIVE OLIVEの時は恋を唄っていたけれど、バンドを始めてからは心の痛みの曲ばかりを作っていた。傷が癒えてきたってコトだろうか。

の手引き」とかやったりして。
あっ、話がずれてきた。

私が言いたいのは「興味の対象＝好きな人」なのかなぁってこと。
つまり「本当は僕のこと、好きじゃないでしょ？」この質問には、「あなたのことが今一番興味アルのよ！」という返事がいいんじゃないでしょうか？　ちなみに私の場合には「あなたのことが今、2番目に興味あるのよ！」というのが正直な回答だと思う。
だって一番興味があるのはワタクシ自身だから（笑）。

自分で自分がまったく把握できないんだもん。
おもしろいんだもん。興味があるんだもん。
この脳味噌はけっこう飽きがこないのだ（笑）。

### 名前の由来　5月21日（火）
明日の西荻窪ターニングでの弾き語りライブは、クレジットが、
「アフロ犬mako（from MAVERICKver4.0）」となっている。
　*82
ターニングのブッキングマネージャーの多田君が、
勝手に決めてくれた（笑）。

アフロ犬で名前が定着すると「アフロ犬」がいつの日か「なめ猫」になってしまうと私まで没落する（笑）。

がんばれ！　アフロ犬！

### 自己抑制　5月25日（土）
私は甘味依存だ。
子どもの頃から辛いことがあると、甘いものを大量に食べて凌いできた。
もちろんおデブちゃんだった。

*82　ここからアフロ犬makoという名前は始まった。この変わった名前のお陰であっというまに周りの人に覚えてもらえた。多田君にはとても感謝している。

ある時、太っているのが嫌で食べないようになった。
いっぱい痩せた。
そしてある時、尋常じゃないほど辛いことがあった。
1週間で10kg太った。
最近は大人になった、強くなった。
食べ過ぎることも食べなさ過ぎることもなくなった。
コントロールを覚えた。そして休むことも覚えた。


私は極度の酔っ払いが嫌いだ。言ったこともやったことも覚えてない……
そんなのは本当に嫌いだ。事件を起こしても「その時は心神喪失でした」
なんていう弁護があるけれども、心神喪失になることを制御しなかった責
任はあるだろう？
<u>酒に酔って刃物を振り回したお医者さん</u>。なぜにあなたは精神科医？
*83

誰だって時には何かに依存することもある。
私も相変わらず「メロンパン」を離せずにいる。
ライナスの毛布みたいに。


でも、ちょっとだけがんばろう。
良いお医者さんだっているし。
自分を変えられるのは自分しかいないんだから。


## 現実逃避な人々　5月28日（火）
世の中。色んな人がいる。タイプが色々。
ちなみに私は音楽なんかやっているのでドリーミーに思われがちですが、
いたって現実主義者です。なので夢見がちな人とはあまり合いません。私
は信じるものは救われるとは思わないし。どんなに頑張っても上手くいか
ないことってあると思う。自分の幸せはどこかに用意されていて誰かがき
っと運んでくれる、そういう考えはない。

*83　この日のニュースで酒に酔った精神科医が刃物を振り回した事件をやっていた。私はメンバーのアルコール依存を黙認できなかった。本を読んで勉強もしてみたし彼と何度も話をしたけれど、簡単には変わらないこともわかった。発泡酒の美味しそうなCMが流れるたびに複雑な気分になった。

なんて話すと「君は前向きじゃない」と言う人もいるけど、私はメチャクチャ前向きな人間だ。楽観主義者じゃないだけです。多分上手くいかないかもしれない、でも自分の限界で精一杯やっていこうって思うんです。そんだけです。

問題点を話し合わず、楽しい話ばかりを望むのは、現実逃避じゃないのかなぁ。お酒を飲んで忘れてそれで問題が解決しないことは、自分が一番よくわかってると思うけど。
あんまり簡単に逃げるなよぉ。

## ダンスダンスダンス　6月5日（水）
珍しく恋愛話でも……。
日本も西洋風の恋愛形が発展してきてデートやらなんやら、ちょっと昔のマニュアル君なんていうのも少なくなってきたんじゃないのかねぇ。楽しいことはよきことかな……。

しかし、永遠に西洋化されない文化がある。
「ダンス」です。
*84
その昔、当時のボーイフレンドとクラブに踊りに行った。というか私にくっついて来た。心配して（あなたは親か？笑）。
そんで、私はいつものようにノリノリで、ずっとフロアで黙々と踊っていた。彼はアイスティー片手にフロアの隅のテーブルからこっちを楽しそうに眺めていた。
私はひとしきり踊りまくったあと、帰る前に彼にもダンスをすすめた。彼は最初は嫌がっていたんだけれども私があまりにも楽しそうに踊っているので、自分でも参加したくなったのかフロアに降りてきた。しかし、
「…………」私。
「…………」アタシ。
「そ、そろそろ帰ろうかぁ？」ワタクシ。

*84　学校で社交ダンスを教えたら婚姻率が上がるんじゃないかと私は思う（笑）。

日本にはカップルが一緒にダンスをする文化は当分やってこないでしょう。普通のデートスポットにクラブが選ばれる日もそうはやってこないでしょう。学校でフォークダンスじゃなくて「社交ダンス」でも入れたらどうでしょうか？　ダンスが発表会や1人でトランス状態に入るものだけじゃなくて2人で向い合って踊るものになる日がくるのを祈ってます。

でもね、シンガポールのクラブで一緒に踊ったフランス人のお兄チャンもひどいダンスでした。というか個性的すぎて恥ずかしかった。
あれじゃぁ、恋はめばえないよっ。

ダンスって難しいのよね。

## 電光石火スタジオ　6月9日（日）

しつこいようだが、私の家は簡単なスタジオになっている。
年末に購入したエレドラムのお陰で更に気楽にレコーディングができるようになった。先日お友達のUnlimited Broadcastさん達がデモ音源のレコーディングに来た時に、ずっと「すっげー」を連発していて、ちょっとオタクみたいに思われて嫌だった（笑）。
確かに機材は充実しているけどね、別にリッチな生活でコレクションしてるわけじゃないのよ！　どうしても必要で1個ずつ買っているウチに集まっちゃったの。10年以上かけて。わかってくれぇ～。

機械は使うことよりも管理することのほうが大変だ。今日もミックスをやっていてサウンドカードの接触が悪くて、パソコンからはずしてクレ556を吹き掛けたり、シールドを交換したりと、余計な作業に時間をとられてしまった。アフロに似合わず地味な生活なのよぉ（笑）。

「電光石火」と名づけたのはもっとサクサク作業が進むように……という

---

*85　この日、生まれて初めて他人の作品のエンジニアをやった。自分の作品作りとは違う緊張感と楽しさがある。

願いから。しかしサクサクいかないものですね。

「明日中にマスタリングして」と、先ほどUnlimited Broadcastさんから10曲の音源をもらって頼まれた。残り時間20時間あまり。今日こそ〝電光石火の早業〟でいってみよう！

ちなみに今日気がついたんだけど、自分のより他人の作品のミックスとかするほうがスッゴク楽しいわ。

## 同棲生活　6月10日（月）
私はどうやら同棲しているらしい。
相手の名前は「かまどうま」。
彼はおとなしい、足が長くて、
見た目が派手なワリに動かない。
洗濯機のそばがお気に入りらしい。4日たってもそこにいる。

異様な存在感があるのはゼブラ柄の体と5cm近いデカサのせいだろうか？できれば出ていってもらいたいけど、触れることもできない私には追い出すすべもない。唯一ありがたいのはあまり動かないことだ。うーん、どこから来たの？　いつからいるの？　どうしたらいなくなってくれるの？

完璧に居座られている。
<u>どうしよう……。</u>
*86
どなたか勇敢な方、この占有者をつまみ出してはくれませんか？
飛び跳ねるとかなり飛ぶらしい……。
怖い、とっても怖い。
「カマドウマ」
それにしてもどうやって侵入したんだろう？

---

*86　カマドウマ。別名は便所コオロギ。……思い出しただけでもゾッとする。

## 女として　6月16日（日）
今日は吉祥寺でライブだ！　楽しみだ！　うっき～。

ところで話は違うが、最近女のコであるがゆえの限界を感じる。
＊87
この１年間、ほんと一生懸命に音楽をやってきた。ライブをやってきた。これ以上ほかにできることはないっ！というぐらい、考えつくことを全部やってきた。でも、なかなか答えが見えてこないね。女のコの私にはコレ以上は、今以上はもうできないのだろうか？（どんより）

でもさ、まあイイじゃない！　このままどこまでお客さんの増えない日常を楽しめるのかやってみようじゃないの！　それに、数は少なくても私のことを楽しみに来てくれてる愛すべき人達もイルではないの！　私が「いつも心に太陽を」を唄うと涙ぐんでくれる人達がイルではないの！（にっこり）
それにライブに出演させてくれる人達もイル。動員が少なくて「あれれ」と言いながらも私を呼んでくれるライブハウスがアルじゃないの。ココロのノルマが越えられなくて精神的に辛いけど、ステージに上ってしまえば心は自由だしとっても楽しいしね。

一生懸命に唄うし、楽しむし、曲作るし、笑うし、喋るから、
これからも愛すべき人達よ、よろしくね！　ありがとね！
ここからが楽しくなるんだからっ！
よーし、よーし、ぶんぶんぶん！

## ラーメンとバンド　6月20日（木）
ちょっと風邪をひいてます。咽が痛い。鼻水が出る。こういう時にはラーメンを食べて元気になろう！　というわけでスタッフ前澤さんを引き連れて、世田谷通りにある「百麺」に行った。

---

*87　女のアーチストはインディーズで人気を得るのは至難の技だ。なにしろお客さんの多くは男性アーチストを応援している女のコだから。でもこの頃から、私なりの活動を見つけようと必死になった。限界を知ってからが本当の勝負なんじゃないかな？

ここのラーメンは美味しいよぉ〜。お腹さえ許せば何杯でも食べられちゃいそうです。細麺に合う豚骨味はねぎのさっぱりした辛さにちょうど良い！　テーブルに置いてあるニンニクとか辛ミソが減らないのは、そのままで十分に美味しい証拠！　よけいな物を足さないほうが美味しいということ！

ラーメンを食べながら、今後のMAVERICKver4.0の打ち合わせをする。

実は、これからは南谷真子が<u>1人でMAVERICKver4.0をやっていこう</u>と思っています。Fクンとはとても音楽的に充実した時期を過ごすことができました。でも、私がこの1年ほどバンド活動をしてみて、どんなに工夫や努力をしても「バンド」ではなく「南谷真子＆バンド」という形に到達してしまうことを痛感しました。これは良い悪いではなく、それぞれのタイプなんですね。紅ショウガを入れたほうが美味しいラーメンもあれば百麺のようにそのままが美味しい場合もあるんです。Fクンも最近、新しいバンドを始めています。きっと今後ますます、より素敵なバンドマンになると思います。というかぜひなってほしいです！

これからは、私がその瞬間にリスペクトしているミュージシャンとコラボレートしながら、バンドスタイルのライブもソロの弾き語りもがんばっていこうと思います。
どうかこれからもMAVERICKver4.0を応援してくださいね。
あっver4.0からver5.0にヴァージョンは上がらないのかって？
どうしようかなぁ〜。
いっそ40ぐらいにしてみる？（笑）

## 蛙はケロヨン　6月29日（土）
井の中の蛙……。
これは自分の物差しでしかものを見られないこと。

*88　6月20日から、完全にソロアーチストに戻った。戻ったという表現がやはりピッタリだと思う。

他人の痛みに鈍感なこと。
自分の周囲の価値観に何も疑問を持たないこと。
異質な価値観を排除したがること。
向上心を持たないこと。

そんな風になりたくないよね。バンドとかばっかりやってると年をとるにつれて、チョット危険だなぁーって最近たまに思う。私はイイ気にならないように気をつけよう。

別にこの生活が、個性的で優れているとも、貧しくて劣っているとも思わない。ただの１つの職業のセレクトに過ぎないってことを忘れないでいよう。
モラルは自分だけの物差しで決めてはイケナイ。
ちゃんとココロの基準を守ろう、信念を守ろう。

## さよならハニー　7月2日（火）
やっとカレが出て行ってくれた。
*89
長かった同棲生活からやっと解放された。
最後の別れは意外にもあっけないものだった。

インターネットで見つけた「カマドウマ」サイトで彼の生態をやっと理解した私は、彼が油断して定位置の洗濯機の影からちょっと出てきたすきに、透明なビニール袋を静かぁーに被せた。彼は異変に気づいて後方へとジャンプ！　しかしそれもお見通しだったのでビニールの奥へと入ってしまったのでした。

わ〜い!!

あとは静かにビニールを持ってお外へ連れ出し（ガサガサ抵抗してたけ

*89　殺さないで一件落着して本当に良かった！　カマドウマのHPで研究したからだ。インターネットってやっぱりありがたい。

ど)、3軒隣のマンションの草むらに放してあげた。

さようならぁ〜〜！
素敵なハニーを見つけるんだよぉ〜〜！
鳥には気をつけろよ！　脱皮は慎重にねぇ！　達者で暮らせよぉ！
環境の変化に戸惑いつつも、彼は草むらに消えていった。
良かった、まるで『ダイハード』の終わりのような安堵感。
私の気分はブルース・ウィルスなのでした（笑）。

## 笑って苦労しようぜ！　7月3日（水）
必要とされる人間になりたい、って誰でも思ってる。
誰かに愛されたい。仕事が欲しい。人気者になりたいetc...
欲しい「必要」はバラバラだけど、根っこにある気持ちは同じだと思う。

必要とされるには、努力と工夫が必要だよね。
もって生まれた「もの」だけで勝負するのは限界がある。
初めから持ってる人を「いいよねー」って妬んだり羨ましがってても自分の成長にはつながらない。
努力する苦しみを受け入れたほうがいい。

私はデカくて太っていて近眼で人付き合いの下手な女の子でした。
楽器も弾けなかったし、曲も作れなかったし、歌詞も書けないし、歌も唄えなかった。自分の存在が無意味な気がしてた。
15年かかったけど、意外とがんばって変われた気がする。
まだまだだけどね。

楽器をちゃんと弾けるようになったのはココ最近だし、途中でダイエットに失敗して摂食障害みたいになったし、苦労して入った事務所もレコード会社も辞めたし、ひどい鬱病になったし、まあまあボロボロの15年だった

*90　摂食障害って怖いですよ。ダイエットしてるうちに食べるのが怖くなっちゃったんです。自分の食事のパターンを安定させるのに3年ぐらいかかりました。

ね。しかも今また1人でゼロから始めたしね。
苦節は終わらんなぁ〜
でもね、簡単な選択肢はやっぱり選ばなくて良かったと思う。
最近ちょっとずつだけど、自分を好きになれてきたから……。


私を太陽のようだと言ってくれる人がいる……。
自分でも太陽かなぁーって思うことがある……。
しかし実は……太陽の炎は地獄の炎なんだよね。
それでも太陽を必要としてくれる人がいるなら、燃やし続けたいです。
熱くても。痛くても。
だって必要とされたいモン！


## 左に月を見ながら　7月5日（金）

月を左手に見ながら、
[*91]
カケラを探しにいく……。


深夜の散歩にはまっている。なんとなくぼんやりと考えごととかしながら。
私の人生とは何か……なんて大きなこと考えたりして。
あの人どうしてるかなぁ、なんて考えたりして。
尻尾の先が白い黒猫と世間話をしたりして。
この先の自分はどうなるんだろう……なんて考えたりして。
急に犬に吠えられて飛び上がってみたりして。
空を見上げて「こんなに私を試してると、いつか会ったら1発殴らせてもらうからね！」なんて、空の上のオッサンに毒づいてみたりして。
オシャレな超高層マンションの下のベンチに座って、完成間際に飛び下りた人のことを住人は知ってるんだろうか？　とか考えたりして。


深夜の散歩はとても楽しい。


---

*91　この7月5日の日記を元に『月を左に見上げては』という曲ができた。ちょっと寂しく、ちょっと優しい曲です。

## お気楽信仰　7月18日（木）

実は迷っている。

私は人に頼ることをとても怖れている。君の力になりたいと言ってくれるのは嬉しいけど、本当に最後の最後まで力になり続けてくれる人はまずいない。結局、最後の尻拭いは自分でするしかない。
成功は他人とわかちあえるけど、失敗は自分にのしかかる。

マイナス指向だと言われるならそれでも構わない。
堅物だと言うならそれでも構わない。
小さいヤツだというならそれでも構わない。

結局、私がここまで来られたのも、ここにしか来られてないのも、自分の責任だ。もし私がもっとお気楽人間だったら、もっとすごくなってるかもしれないし、もっと最悪だったかもしれない。どっちでもイイじゃない！
私は私でいたいんだ！　現状はそんなに悪くはない。

<u>今さら自分のやり方を変えるのはどんなもんだろうか？</u>
*92
迷っている。

## 恋はライブから　7月21日（日）

昨日と今日と立て続けにライブを観てきた。

みんながんばってるよ。暑いのに重たい機材を持ってリハに行って、猛烈に消耗するのにライブして！　うーん、泣けるねー！
どうか皆さん、ライブに足を運んでください。
ほんの1時間でいいんで〝恋〟を見つけに来てください。

---

*92　そして、結局は自分のやり方を変えなかった。時間が経ってみて、この時に誰かに頼らなくて良かったと思っている。本当に頼れる人は、自分から頼れなんて言わなくても自然と頼れるものなのだろう。

ライブで何かを感じるのは恋をするのと同じです。歌詞に涙するのは辛い恋を思い出すから。あの人の唄にドキドキするのは一生懸命な姿に恋をするから。バンドを育てていくのは、応援してる人の恋のパワーなんです。
ライブは恋の始まり。きっと日常の〝恋〟にも役立ちます！
自分の目で耳で新しい音楽や才能を見つけに来てください！

ところで先日の私のライブ。
<u>一番前の私の目の前で</u>、豪快に居眠りしてる少女と大声で笑って３人で話
*93
してる少年がいた。私は集中してがんばった。
でもどんなに波動を出しても、彼らに「お願い邪魔しないで、お願い伝わって」という気持ちが届くことはなかった。深い悲しみを唄ってもゲラゲラと無関係に笑う彼らの声が空気を打ち消す……。
唄を唄う能力も、唄を聴く能力も実は同じだと私は思います。
君たちのココロには他人のどんな優しさも痛みも届かないでしょう。
気の毒にねぇ。

音楽が心にシミるようになると素敵な恋ができるのにね。

## 異世界との交信　7月25日（木）
見ちゃったようだ。

蒸し暑い深夜、雨がしとしと降っていた昨夜、
都内某所のレストランでスタッフと打ち合わせをしてお茶を飲んでいた。
私は普通に女子トイレに行った。
中にはおばさんが先にいて鏡の前で服を直していた。
私は気にもせず個室に入った。
出てくるとまだおばさんは鏡の前で髪を直していた。
なんか近寄るのが嫌で私はすぐに外に出た。

---

*93　ステージから客席の表情を見ていると色々なことを感じる。ちょっとした恋の瞬間が訪れることもある。そして悲しくなることもある。

席に戻るとなんだか気になった。
「なんか変なおばさんがいたんだけど出てこないね」
「そんな人、店内にいましたっけ？」
「あの人、顔に傷があった。暑いのに長袖の紫色のトレーナーを着てたよ……」

待てどくらせどトイレからおばさんは出てこなかった（汗）。

気を取り直して、お店を出ようと会計をしてると、
店の外に男の人が立っていた。下を向いてシャツの裾をいじっている。
なぜか彼から目が離せない。
よくみると首の角度が変だ。異様な姿にゾクッとした。
その人の横を通って、私たちは無言で駐車場に向かった

「へんな首の角度でしたね……」
「身動きしなかったね……」
「異様でしたね……」
「うん」

車からその人の立ってた場所を見ると、もう誰もいなかった。
「店の中に入ったと思うことにしようね……」
その後、私たちは妙に明るく関係ない話をいっぱいした。

外は蒸し暑く雨もしとしと降っていた。

## カッコ悪くても言いたい　7月26日（金）

私は知り合いの音楽事務所の人を連れて友達のバンドを観に行った。
ライブはいつものようにパワフルだった。ライブって生モノだから伝わり方は毎回違う。今回はまったりしたライブだった。音はいつものライブと

ちょっと違っていた。でも、良かったよ。
ただ彼には上手く伝わらなかったみたいだった。


こんな時もあるよっ。
私はこの1年、いろいろなライブハウスに出てそれを痛感してる。金太郎飴のように同じライブはできないよ。MY機材を使ったほうがイイとか、リハで音を作れとか、構成を考えたほうが良いとか、色々な意見はよくわかる！
でもさぁ、やってるんだよ。本当に限界で。外音を良くしたくて、エンジニアさんに一生懸命に意見を言ったら本気で怒鳴りつけられ、ショックで泣いたこともある……。機材だって何だって自腹で何十万もかけても運搬手段がなくて運べなかったり。セッティングの都合で使えないコトも多い。プロの大物とは環境が違う。お客さんだって、ライブで動員が何十人もなければ自分で何万ものノルマを払っている。それでもやらなければ知られないから何本も無理矢理いれてる。みんな日常に疑問を感じながらもバイトしながら必死でやってる。どのバンドもそうだ。
それでも、<u>なかなか良いライブはできないものだ。</u>
*94
営業の仕方もみんな悩んでいる。がんばっている。みんな、そんなに馬鹿ではない。同じことをやってみろよぉ！　とは言わない。でもちょっとだけ私たちの水面下での努力や苦しみも理解してほしい。


好きでやってるんだから愚痴るな！　って言われるコトも、
かなりカッコ悪いことを言ってるコトも、
承知で書いてしまった。ゆるしてね。


## 社会生活不適合者　7月28日（日）
夜中に偶然つけたTVで斉藤和義のライブを観た。実は初めて観た。
本物だ。そう思った。

---

*94　ライブが難しいのは演奏以外の部分にも課題が多いから。音響や照明や場所の雰囲気なども本当はとても大事だ。だからライブをよく知っている人は何ヵ所かのライブを観てからじゃないとダメだしはしない。そのぐらい違うものだから。

最近いっぱいアマチュアのライブを観ているけれども、ここまでのライブには正直、巡り合えない。なんて言うと「ほーら、そんなんだからアマなんだよ」って意地悪いシロウトは言うだろう。でもね、ちょっと考えてみれば斉藤和義は<u>ダイヤモンド</u>だ。確かに才能とカリスマをもった原石だったことは間違いないけれども、彼はちゃんと磨かれてダイヤモンドになっている。

私の周りにだって、たまにしか巡り合わないけれども、間違いなく「原石」だとわかる人間は確実にいる。でも磨かれなければ原石のままなんだよね。磨かれる環境がないのはとても残念だ(磨くって〝厳しい環境〟って意味じゃないからね〜)。

できあがる可能性が少ないからこそ、
天然ダイヤモンドは価値があるんだろうけどね。
斉藤和義のライブ。ほんとにすごかった。

## もっと大きくなったら何になる?　8月8日(木)
1つのことをなすためには多分センスとか才能とか運とか、色々必要だと思う。残念ながらそれらは自分ではコントロールできるものではない。ただ1つ自分でコントロールできるのは、コツコツと努力を持続させることだけだ。
私は努力家でもナンでもないと思っているけど、気がつくと音楽だけは10数年ほど自分の意志でハイテンションで続けている。
思えば遠くへきたもんだっ!!

昨日、スタジオで気がついたんだけど私ったら「ギター弾きながら唄える」ようになっているんだよね!!　って今さら何をと言われそうだけど。
1年前はギター弾きながら唄うなんて想像できなかったんだよ。この分だと、そのうちにギターソロとかも弾けるようになるかもしれない。

*95　そう言えばダイヤモンドの素って炭素だったよね?

私もバンドやりたいんですってたまに相談されるんだけれども、なんでも続けてみるもんだよねっ。10年は！
初めてギターを手にした10代の頃はピックをマトモに持つこともできなかったです。「私弾けるようになるのかなぁ？」って思いながらヘロヘロ練習してました（笑）。
いやぁ〜、懐かしい。いまだにヘロヘロだけどねぇ。ははは

この10年の経験は失敗も含めて私の体にちゃんと蓄積されている。
<u>10年後が楽しみだ。</u>
*96

## 東京＝青山　8月10日（土）
<u>青山</u>に住む古くからの友達に会ってきた。
*97
疲れた時には彼に会うのが一番だ。なぜならば、今の私の周りの環境と彼の環境はまったく異なっているから。青山にある彼の職場を訪ねていくと、話してる間にも世界的なデザイナーの人が立ち寄ったり、通りかかったりする。彼らは物腰も喋り方も身なりもまったく違う。もちろん高級ということではない。言ってみるなら〝粋〟だ。ある種の〝品〟がある。
ときどき自分は向上心を忘れそうになるけど、この〝粋〟な人達に触れると「イカン、イカン、こうなりたかったんだ」って初心に帰る。

そんな私にとって、東京といえば〝青山〟だと思う。
表参道や外苑前の駅を降りると、妙に素っ気ない静かな街が広がっている。一見地味に見えるこの街には、実は〝世界〟という山を登り続けているスゴイ人物達がウヨウヨと生息している。私がこの街を好むのは、あまりにも普通な彼らに道ですれ違うたびに、この人達も初めの一歩は小さなものだったはずだ、って思える現実感があるから。

いつか青山に住みたい。

*96　10年後の自分が想像できない。これが可能性ってやつだよね。

## 観察日記　8月17日（土）

ホテルニューオータニへレディースプランで泊まりに行ってきた。
*98
ニューオータニのプールは思っていたよりも地味なプールで家族連れが多い。でもここはプールだけで5000円もかかるらしい。さすがに高級ホテルだ。つまりココにいる人達はリッチなのでしょう（私を除く）。なんだかプリティーウーマン気分だわ。

気がついたこと。
・噂には聞いていたけど「金持ちの子は騒がない！」
・泳がないで読書にふける人が多い！
・監視員がおおらか。
・監視員がかっこいい人が多い……。

子どもが山のようにいるのに信じられないぐらい静かでした。奇声を発することはなく、でもワイワイと子どもらしく賑やかに遊んでました。なんでかね？　ちょっと驚いた。

プールサイドで本を読んでる人のタイトルを観察。
『哲学がわかった！』『潜在能力の引き出し方』『世界史基本問題集』
妙になっとく。

プールって普通は飛び込み禁止だよね。それがここは良いみたいなんだよね！　その分というか監視員が多い。自由に飛び込みまくってる子ども達は、自由に川遊びをしてる昔の子どもに見えた。
経験も金がかかる時代だねっ。

そして監視員のお兄さんに見とれること２日間……。
いつも不健康なミュージシャンにばかり囲まれてるから、ああいう健康的

*97　私は元気がなくなると青山に行ってフラフラして、帰りに高級スーパー、紀ノ国屋で野菜を買って家に帰る。ちょっとしたリフレッシュだ。

な若者を見るのは珍しいのです(笑)。同じ人間とは思えんなぁ。ははは。かく言う不健康なミュージシャンの私は、人生で最初で最後のビキニを着て超ごきげんでした!

さて次にプールに行くのは何年後でしょうか(笑)。

## あんみつNIGHT 8月22日(木)
私の誕生日19日に「あんみつNIGHT」というライブイベントを西荻窪ターニングで主催しました。「<u>アンプラグドで密度が濃い</u>」というテーマの頭文字をとって「あんみつ」と名づけたんだけど、その名の通り、濃いイベントになったよ! 来てくれたお客さん、出演者、それに誕生日プレゼントまでくださった皆さん、本当にありがとう。
*99

初めてイベントを主催してみて、また1つ勉強になったことがあります。それはライブというものは曲を披露する場ではないということ! もちろん曲があってのステージだけどね。

4人のメンバーと活動していた去年1年間は、必死で練習して完成度の高いライブをやってきた。でもお客さんとの距離が近くならなくて、実は私は1人でずっと悩んでいたんです。そしてお客さんが増えないこともあってメンバーはどんどんやる気を失い、辞めてしまった。フロントの私に魅力がないんだと言われたし、自分でもすごく自信を失ってた。

でもね、1人で弾き語りをするようになって変わったんです! いつのまにかライブ中もライブ後も私にはお客さんがメンバーのようになってきた。曲順もお客さんの顔を見ながらその場で変えてみたり、MCも仲間に話しかけるようにお客さんに話しかける。なんだか毎回ライブも楽しい!
そして唄の内容も、唄い方も、お客さんもちょっとずつ変わってきた……。

---

*98 ニューオータニへは私の誕生日祝いとして、姉が連れていってくれたのだった。レディースプランの部屋はマッサージ器や足枕やアロマテラピーなどが付いた癒しの空間になっていた。また行きたい。

今回あんみつNIGHTを主催してみたのは、私が弾き語りの活動で見つけたコミュニケーションのチカラを試してみたかったから。だから全力で「お客さんと私が一緒に楽しむイベント」を目指してみた……。
終演した夜10時、お客さんが「いいイベントだったねぇ」って周りの人と話しながら帰っていく姿に、私の投げたボールはちゃんとミンナにとどいたんだなって実感できました。

こんな私だけど、これからも私のメンバーでチームメイトでいてください。
次回も美味しいあんみつを一緒に食べようね！

## オタクなアフロ　8月24日（土）

昨日は雨の中、パソコンに差してるサウンドカードを修理に出しに渋谷のオタク楽器屋へ行ってきた。ああいう店って店員が一見とても詳しそうに見えて、そうでもない人も多い。スペックって本での知識だけではウンチクは語れてもトラブルシューティングには役立たないことも多い。使ってなんぼだよ。なんでもネ。

いつものように女のコは超子ども扱いから始まる。「○○は試しましたかァ？」ってね。壊れてるって言ったら壊れてるんだよっ！　なーんてイチイチ怒っていたら始まらないので、とりあえず修理の金額をメーカーに聞いてもらうコトにした。

その間店内をふらついていると、どうも奥で秋に出るソフトの講習会をやっているようだ。覗きに行ったらWindows専用らしいのでがっかりする。その時、中に見知った顔を発見！　おっと事務所で一緒だったA君だ。
彼は最近も色々と稼いでいるらしいと風の噂で耳にしていた。彼も当時からPCのヘビーユーザーだった。残念ながら、機材オタクぶりは私は彼にはカナワナイ。なにしろ家にノイマンのMIC（←吃驚するほど高い！）を買っちゃう男だから……。PCも、MacもWinも両方とも何台も持ってたなぁ

---

*99　アンプラグドとは〝生楽器で演奏する〟という意味です。うるさくないのでライブハウスが苦手な方にも好評なイベントです。しかも名前のあんみつにちなんで本物のあんみつもお客さんにプレゼントしてます。

〜。お互いに機械なんか使いたくないものだと愚痴りながらも、今もこうしてオタク楽器屋に足を運んでいる。終わりなき闘い。そんな感じだね。

そうそう、修理代ウン万円だそうです。

その金額にチョット足して中古のデジタルミキサーを購入したほうが賢明だ。
またスペックを勉強しなきゃ。いやだよぉー。
それよりお金が……バイク売ろうかなぁ。絶対いやだよぉぉー。
ローンとも終わりなき闘い……なのだ。

## 大阪・初ライブ　8月27日（火）
１人でとぼとぼとアコギを抱え
やってきました大阪へ！
*101
今の私は「初めてのおつかい」気分です（笑）。

## 賭けでした　9月2日（月）
昨日のライブは実は不安だった。
北海道生まれの私にとって大阪は未知の土地で、自分の唄やトークがどんな風に受け止められるのかまったく想像がつかないし、ましてやその場にいる誰も私のコトを知らない。もちろんそんな環境にチャレンジしたくて自分１人でブッキングして自分１人でやってきたんだけど、当日はあまりに心細くて電車の中でちょびっと泣いてしまいました。

本番は想像していた通り、私の出番になるとお客さんはロビーに出て行ってしまいました。ステージでセッティングが終わった時に「せっかく大阪まで来たのに１曲も聴いてもらえないなんて意味がない！」そう思って。アコギを抱えたままロビーに飛び出して行きました。
「スミマセーン」ありったけの声で叫びました。
「今から１人で唄うmakoです。１曲でいいんで中で聴いてみてください

＊100　サウンドカードとはPCに音データーを入力するために必要な部品のことです。ちなみに後日、結局デジタルミキサーを買いました。これのお陰で私のスタジオはバンドで一発録音ができるようになりました！

ね！」自分でもこんなことしてるの恥ずかしいんだけど、それ以上に聴いてもらいたいって気持ちが私を突き動かしてました。

私のクレイジーな行動が微妙にひんしゅくを買いつつも「そんなに言うならどんなもんよ！」とロビーから人がドドッと入ってきてくれました。自分でかけたプレッシャーに怯みそうになったけど、ステージに立つと不思議と心の底から闘争心が沸き上がり、この瞬間の自分の全力で唄うことができました。ただただ一生懸命に唄いました。

最後に唄った『いつも心に太陽を』が終わった瞬間に会場が一瞬シーンとなった……。この瞬間が最高の一瞬なんです。いいライブができたっていう手ごたえが確実にありました。その後の熱い拍手が嬉しかったよ。

どんな状況でも最善を尽くすことに意味がある！　なんてキレイゴトを、今日は恥ずかしげもなく口に出せてしまえる気分です。チャレンジであり、賭けでもあった初めての大阪ライブは私に自信と勇気をくれました。
大阪最高です！　いぇ～い！

## 天ぷらが美味しくて　9月3日（火）
自分はこういう味を小さな時から食べてきたんだぁ……。
実家のご飯というものは不思議なものです。美味しいとか美味しくないとかじゃなくて、なじんだ味なんですよね。

『恋をしよう！夏にしよう！』って曲のテーマは「知らないうちになじんでいくような人間関係って素敵だよね」ってことです。もちろんなじむって、惰性とかそういうのとは違うよ。なじんでいくための摩擦とかも大事にしていくことが素敵だと思うんです。
高校生の頃は家出までしたような私の親子関係も、最近はいい具合になじんできたのか、とってものほほんとしていて今は実家に帰るの大好きです。

＊101　初めての大阪は心斎橋のFANJというライブハウスに出てみた。何のつてもなく自分でネットを駆使してブッキングしたライブだった。自分の勇気と音楽のチカラを試してみたかった。

そんな摩擦を大事にしながらなじんでいく恋愛をしたいものです。
「恋をしよう！夏にしよう！」
な〜んて言ってるうちに秋が来る。

## ネタバレしてるの気づけよ　9月5日（木）
『嘘をつく日々に慣れないで』この曲を唄うようになっていっぱい考えさせられることが増えてきた。1つの嘘に気づくと、すべてが嘘に思えてくるのって怖いよ。私は一本気だからかな？　どんどん疑心暗鬼になっていく。

せめて嘘をつくなら丁寧についてもらいたい。

## 等身大　9月9日（月）
以前の自分は女の子であることや歳が若かったこともあって、随分と周りに気を使うことが多かった。
出過ぎたことを言わないようにとか、相手のプライドを傷つけないようにとか、年下であることや女の子であることで相手がイメージする形にできるだけ合わせるようにしてきた。過小評価[102]から始まる人間関係にも慣れるようにしてきた。

最近は年齢も上になってきたし、時代もちょっと変わってきたし、言いたいことは丁寧にだけれども、ちゃんと相手に言おうとしている。嫌な思いをすることも意外と少なくはなってきた。

それと同時に自分の見方にも気をつけている。
今度は自分が、年下や女の子に対して彼らのありのままの姿をちゃんと見るように気をつけている。後発の人間に追いつかれることも追い抜かれることも誰だって不安だと思う。でもね、もしそうなってもチャント相手を認めて評価してその人達から学ぶ姿勢を持つのも、素敵な大人の考え方だ

---

[102]　最近はライブハウスにも女のエンジニアが増えてきた。自分が女だからと過小評価されて嫌な思いをしてきた私は、できるだけそういう偏見から入らないように気をつけている。

と思う。

過小評価も過大評価もしないで、
相手の等身大を見れる目や耳や心を持ちたいと思う。

## 幸福論　10月24日（木）

私が読んでる、とあるメルマガにはたくさんの人の悩みが載っている。10代の人の「何のために生きているのかわからなくて生きていくのが苦しい」という投書がけっこうある。こういうのを「イイよね、そんな程度のことで悩めるなんて気楽ね！」なんて言う人も多いと思うけれども、私はコレって大きな悩みだし苦しみだと思う。

ちなみに私も何のために生きてるのか、意味を感じなくて苦しいと感じていた。最初にそのイメージを感じたのは小学4年ぐらいの頃だった。歴史の教科書に載っているのは数えられる程度の人間で、残りの大多数の人間なんて、いてもいなくても大して変わらないんじゃないか？って真剣に悩みました。それに自分の存在にどんな意味があるんだろう？って。私はなんで生きてるんだろう？　なんで私は私なんだろう？

もちろん、今も答えは見つかりません。
きっとこんな風に悩むのはとても人間らしいのかもしれません。前頭葉が発達しているからかもしれません。
それでもコツコツ自分がやっていることを大事にしていると、そんな日々や自分自身が「尊いもの」だと感じる瞬間が出てきました。才能とか運とかとは無縁の私が、努力と忍耐だけでなんとかやっている今の人生に愛着が出てきました。幸せか？　と問われれば答えに迷う日々だけど、「尊い人生だ」とぼんやり感じるこの頃です。

*103　この頃から私は「音楽を尊いものにしたい」、そんなコトを考えるようになった。

## マックチョイスは選べない　10月26日（土）
マックチョイスってよくわからないよね。
*104
選んだハンバーガーやサイドメニューによって値段が決まりますと書かれてあっても、いくらなのかパッとわからないし、チョイスしろと言われても、バリエーションが豊富過ぎて短時間ではなんだか決めかねる。よって今まで通りの3点セットにしてしまった。

「選ぶ」というのは、正確な情報がいっぱいないと簡単にできるものではない。昔、事務所にいた時、ある日突然、「南谷。レコード会社A社とB社とC社どれにするか自分で決めろ」と部長とプロデューサーに言われたことがある。かなりムカツイタ！　それまで何にも情報も提示されてないのに、何ゆえいきなりそんな重大な決定を私個人に押しつけるのか？　要するにどれもおいしくない話なのか、意見が割れて誰も決断したくないから私に「選択肢の責任」を押しつけるんだなぁ……って思った。

だから言った。
「そんなコトをいきなり決めろと言われても、それぞれの違いもメリットやデメリットも条件も何にも知らないんですけど？　私はどうやって決めたらいいんですか？」

こんな会話は、今になれば笑ってしまうんだけど。

## たんなる低所得者です　10月30日（水）
私は音楽バカになりたくない。
人格的には普通の人間でいたい。
音楽をやっているからと「気負って」奇抜な格好や行動をしてみたり、反社会的な言動で「俺らは特別だから」とカッコつけてる感じも好きではない。

---

*104　マクドナルドでこの時やっていたキャンペーンがマックチョイス。自由にサイドメニューやドリンクを選べます、って触れ込みだった。

ちなみに私のアフロは仕事の立て看板みたいなもので、目的があってやってるわけで、個人的趣味でやっているわけではないです。もちろん誇りを持ってこの頭を愛してはいるけれど、普通の生活で相応しくない時は普通の頭をしてます。

音楽を愛してはいるけれど、音楽から選ばれる人間でいたいし、音楽のほうから私の価値を決めるんであって、自分から「ミュージシャンみたいな人物」を演じるつもりはないです。

ミュージシャンっぽくなる浅知恵を働かせるなら、学ぶためにお金や時間を使って努力して向上心を持つべきじゃないかい？　君たちがお酒や遊びに使った時間とお金が、私の家の機材やノウハウの分量と同じなんだよ（あっ、いつのまにか誰かに向かって言ってる……）。
ミュージシャンなんて普通に職業の１コに過ぎないんだよぉ。普通でイイじゃないの、真面目でナニガ悪い！　ついでに私<u>所詮ただの一般人じゃん！</u>[*105]　納税額もメチャクチャ低い。しかも日本在住（笑）。
世間が狭くならないように好奇心を広く持ってようっと。

## 私という音楽　11月7日（木）
とんとんとんとライブも終わり。ちょっとノンビリ。<u>どのぐらい良かったのだろうか？</u>[*106]　いつもライブが終わった翌日は気になるのだった。

ところで……音楽をやっている人には色々な人種がある。

私は10代の頃は、ハードロック系のバンドの人達と関わりが多かった。それから音楽学校に入ると、インストやフュージョンやジャズなどの好きな人達と関わりが多かった。そしてプロのアーチストさん達の世界はこれまた違う人種だった。そしてインディーズさん達と今は関係が深い。もちろん、どれが正しいと言いたいんじゃないのよ。ただ、自分達の人種が全

---

*105　ライブハウスに頻繁に出演するようになって感じるようになった疑問。お金さえ払えば誰もがステージに立てる今日……。なんかみんな勘違いしてないか？　ってちょっと感じた。

てではないことを、もっとミンナ知ったらいいんじゃないのかな？　って思う。

それとポピュラーミュージックを好きじゃない人がポピュラーミュージックに関わろうとするのは、正直言って迷惑だ。いつも私はこの話をしているけれども、わかりやすいものよりも難解なもののほうが「高尚だ」と思っているなら、素直に難解な音楽をやればいいんじゃないの？って思う。技術は大事だけれど、私はアプローチがドウノコウノとかリズムワークがドウノコウノとか、小賢しいセオリーを中心に音楽を語る人はあまり好きじゃない。リスナーよりも上に立ちたがる人も好きじゃない。見てる人が私と一緒にニッコリ笑う瞬間とか、一緒に唄える瞬間とか、一緒に涙する唄に全てを賭けてるし、楽曲も単純で明解で心に残るモノが一番好きだ。

ようするに、家庭料理の最高傑作が一番いいんだ！
なぁーんて。今日も感じたのでした。

## 料理の鉄人　11月11日（月）
物事に一番大事なのは〝さじ加減〟だよね。
親切もあまりにしつこいと迷惑だし。チョビットの悪いことなら許容範囲というものはちゃんとあるものだ。

　〝さじ加減〟というのは客観性だ。
例えば曲のアレンジをしていると、どこの視点で曲を見るかでさじ加減が変わる。ミュージシャン受けするアレンジか、女の子受けするアレンジか、ロック少年受けするアレンジ、もしくは何にも考えてない無策アレンジか。
さじ加減を間違えると美味しいはずの料理もまずくなる。
さじ加減は難しい。

　人間関係もさじ加減が難しい。「親切なんだけど、親切過ぎてうっとうし

---

＊106　11月4日に大阪のイベントで2曲ほど唄った。その日は調子が悪くて辛かったけれど、とにかく必死に唄った。すると目の前にいたたくさんのお客さんが涙を流して聴いてくれて、ステージで今まで味わったことのない達成感を感じた。それと同時に自分の音楽って何だろう？　と考えた。

い」とか「優しい人なんだけど、優し過ぎて頼りない」とか「愉しい人なんだけど、ユル過ぎて無神経」とか「真面目なんだけど、真面目過ぎて息苦しい」とか（笑）。
人間関係の場合はハッキリと注意してくれる人が身近に必要だし、時には開き直らずに素直に反省する柔軟性も必要だよね（はい反省します、笑）。大人になると注意してくれる人ってあんまりいないから余計に難しいね。音楽にしても性格にしても仕事にしても「さじ加減」。

## 対話と自己責任　11月14日（木）
思ったことを丁寧にハッキリと言葉で提案する努力って大切だと思う。

例えば、腹の中で思ってるコトを一生涯自分の腹の深い場所にしまい込んだまま、ほんのチョットも周りに感づかせないでいられるならばそれでも良いと思うけど、無神経にうっすら顔に出したり、あとから「自分は前からそう思ってたんだ」って言ったり、ある日突然に爆発したり、考えてることを相手から先に気づいてほしいような思わせぶりな態度をとるなら、結構トラブルの原因になると思う。

信頼し合う関係になろうと思うなら、誠実に思っていることを提示し合いたい。何より、どうしてそう考えるのか？　その理由が私は一番知りたい。そしてその考え方も理解したい。これって口下手か内気かどうかではなく〝面倒くさがらず〟に他人と向き合うかどうかの問題だ。
*107

面倒くさいなら、一生１人で家で寝てましょーう。

## 沈黙の謎　11月23日（土）
仕事での話……。
褒めてくれ！　良かったならば褒めてくれ！　そう言いたい。
*108
なんでこうも褒めない人が多いんだろう？

*107　この頃、口の重たい人が周りにいっぱい集まっていて、彼らの考えを汲み取りながら話をまとめていくのに疲れてしまった。内気というより依存体質なんだと気づいて「ひどいょ！」って言ってみた。そんな日記。

仕事はやって当たり前。できて当然なんだけれどもさぁ。
英語だと"Good Job!!"みたいな会話があるわけだけど、私の周りでは針の穴みたいなクレームとか相手を卑下するようなジョークとか、くだらないギャグとかでしか相手の仕事を労えない人が多くて辛い時がある。
褒めたら自分の立場が弱くなるとでも思って、怖れているのだろうか？
私には本当に不思議だ。

以前、「俺が何も言わないということはマルということだ！」と言った人がいた。そんな人と一緒にいると、マルぐらいのものはできても、〝花マル〟なものはきっと生まれてこないよねぇ。
マルならマルと言ってくれぇ〜〜！

## タイムマシンに乗って　11月26日（火）
佐川急便がタイムカプセルを届けに来た。
レコード会社に残っていた私の資料が返却されてきたのだ。
あ〜懐かしい。でも複雑。でも懐かしい。いやちょっと切ない。

あんまり見たくない過去なんだ。デモテープを見ると、これを1人で作っていた時のキモチとかを思い出す。結構辛いんだけれど、過去をふりかえると現在の自分もいろいろ再認識できるから「ちゃんと見よう」と思って机に広げてみた。わ〜。懐かしすぎる。ジャケット写真やらアーチスト写真やら色々あるけど、正直どれもあんまり幸せそうな顔じゃないねぇ。顔って変わるモンだなぁ。

そうかぁ、今の私はけっこういい感じなんだね。最近の写真はどれを見てもヒョウヒョウとしてて元気そうだもんね。ちょっとポッチャリしてきたけれど、それもまた優しそうで気に入っている。美人じゃないのは相変わらずだけれども（うっ、笑）、ニッコリお茶目な奴だと思えるモンね。ふ

---

*108　曲を聴かせたりライブが終わった直後に、良いコトは一言も言わずに、ネチネチ言ってくる人達がいる。たいがいが、いわゆるギョーカイジンだ。○を1つも見つけられない人の×は聞く必要がないと私は思う。OLIVE OLIVE時代の自分にそう言ってあげたい。

むふむ。
なぁーんて、感傷に浸っている暇もなくこれから出かけます。
人生は毎日色々あるもんだね。大変だぁ……。

## 歴史の時間　12月3日（火）
青山に行った。用事のあとで1人でフラフラ。
やたらカフェがある。カフェカフェカフェ。
そんなにみんなお茶をするのだろうか？

日本はコーヒー豆の消費量がやたら多いと聞いた。産地では大豆とかを炒って代用してたりするらしい。日本は世界を食い潰すのかもしれないね。
そういえば農民にお茶を禁止した時代がアッタよね？
あれって何のおふれだっけ？　う～ん……。

## 良い。　12月16日（月）
タイムカプセルで届いたOLIVE OLIVE時代のデモテープを改めて聴いてみた。何度も聴いた。何度も。

「いいっ！」

周りの人達に「スッゴク良い曲ばかりですよね」って何度言われても、最近まで自信が持てなかった。だって「結局デビューできなかったもん！」ってね。あの頃は曲や歌詞についてグチャグチャ言われることはあっても、「良い！」って言ってくれる人は周りにほとんどいなかった。
それが日本人特有の体質だってことに私は気づいていなかった。
精神的に潰れていくのに1年もかからなかった。残りの2年チョイはひたすら畏縮し続けた。そして逃げるように辞めて、1年間「野原の植物」のようにただボーっと暮らし、病院にも通院し、なんとか生き返った。

*109　2年半たって、やっとOLIVE OLIVE時代のことを過去のこととしてストレートに話せるようになっていた。いきなり届いた昔のデモテープをちゃんと受け止められた。そんな自分がちょっぴりウレシカッタ。そんな日記だ。

そしてMAVERICKver4.0を始めて、作品を一般の人に発表するようになった。初めて「いいね！」と他人から言われるようになった。

<u>あれから1年半ちょっと。</u>
*109
やっと昔の作品をふりかれるようになったけど、
正直言って、なんでこれがダメだったの？　驚くよ……。

『みんなのなやみ』『おいしい関係』、ライブでやってみようと思った。

## 来年の目標　12月20日（金）
来年の目標「ちゃんとしたゴハンを食べる」こと。

今日もジャンクでした。<u>ダメだよねぇ</u>。わかってる。わかってる。
*110
最近なぜか周りのバンドの男の子に怒られるんだよね〜。みんな意外とちゃんと料理してるもんね。打ち上げの席とかで、ちょっとでもジャンク生活の話をすると「マコちゃんダメだよ！　ちょっと野菜買ってきて炒めりゃいいんだから！」と本気で怒られる（笑）。

私だって本当は、納豆ごはん、なめこの味噌汁、ホウレン草の胡麻あえ、肉じゃが、ジュンサイの酢の物とかのマトモな食事が好きです。料理はできますよっ（一応）！　ただ空腹を感じる時にはすでに1分も我慢できない状態になってるんだよね、これが！　家で1人で頭とパソコンを使って全ての生活してるのがいけないんだよね（完全なオタクだ）。と言いつつパソコンで今も日記を書いている（笑）。

来年は毎日自炊しよっと。いや3日に1回。いや週に1回。
いや……できるだけ。

---

*110　食生活は私の弱点だ。ライブの時に女の子から「ちゃんと栄養とってくださいね！」と食べ物をもらうことがある。ありがたくもあり恥ずかしくもある。

## リンゴの思い出　12月22日（日）
リンゴを食べた。
高校の頃、韓国人の友達に「ん」という発音には２種類あるんだよ、って教えてもらった。ハングルだと字も違うらしい。
「リンゴ」の「ん」。
「こんにちは」の「ん」。
発音してみると確かに違う。へーぇ！

リンゴを食べるたびに、あの時の衝撃が思い出されるのでした。

## 選択の自由　12月24日（木）
今年のクリスマスプレゼントはagnès b.で買ったよん。
　*111
agnès b.はメンズのほうがカワイイ。男の子だったらライブでこんなのが着たいなぁって思う服がいっぱいある。モノトーンのダイス柄のシャツ、水色のボーダーのＴシャツ、ニットのパーカー。
うーん、いい！
こんな時は男の子になりたくなる。

私、今年もライブではいろいろな服を着ました。GRACEとコムデギャルソンとpoetry of sexの服が多いけど、いつも「フンワリかわいい系」にこだわってます。というか……緊張して体の震えがヒドイので、それを隠すためにフンワリさせているんですっ！

そんなフンワリ系が好きな私には重大な弱点が……！

大阪のバナナホールではステージから降りて間近で見た私のデカさにお客さんは皆さん驚いてました（笑）。フランスの古着のワンピースは遠目には「チッコくてカワイイ女の子風」に見えてたのでしょう！　すみません。

*111　クリスマスは大阪でライブが入っていたので、いつも手伝ってくれてるスタッフさんにクリスマスプレゼントを買ったのです。プレゼントというのは、あげるのも嬉しいものですよね。

ホントにすみません。実は、私はアフロを入れると軽く170cm以上あるんです！

神様のいじわる！　男に生まれるか、小さく育つか、
そしたらもっとナチュラルだったのにー！
神様いわく、「あなた、アフロは自分で選んでるでしょ！」（笑）。

来年も懲りずに「フンワリかわいい系」にこだわります。

2003年
いつも心に太陽を

## 歌会はじめぇ　1月2日（木）
初詣　Gパン入らず　遅刻する

年賀状　宛名を書かずに　逆戻り

初夢を　見ようと寝たら　不眠症

すき焼きに　久保田を入れるな　下戸の母
*112

筋子より　イクラがいいけど　カレーもね！

## 耳　1月8日（水）
歌詞を書くのに行き詰まってMDプレイヤーを持って外に出た。ところがヘッドホンが壊れてたことに気づいた。仕方なく近所の電器屋でヘッドホンを買う。左右それぞれの耳に引っ掛けるタイプ（これしか売ってなかった）。ところが私の耳の形のせいなのか、上手く引っ掛からない！　これって気持ち悪くないですか？　私だけですかぁ？

ついでに久しぶりに自分の耳に触った気がした。冷たくて柔らかくて産毛がフェルトのような肌触り……。なでなで。
そう言えば子どもの頃に飼ってたウサギの耳もこんなだったなぁ〜。折り畳んだりして遊んだなぁ〜。無表情なヤツだったな〜。

などとぼんやりしてるうちに、歌詞は完成しなかったとさっ。
明日がんばろう！　おっす。

## 心からありがとう！　1月15日（水）
新年最初の大宮ライブばんざいっ！

＊112　2003年の新年は実家で迎えました。大晦日には必ずすき焼きを食べるんだけど、お酒に無知な母がカナリ高級な日本酒を料理に入れていることを発見。「ウチのすき焼きがおいしいわけだぁ！」と納得しつつモッタイナイ！　と1人でそのままいただきました。

早い時間から来てくれた皆さん本当にありがとう！　キミたちは私の天使だっ！　お陰で今年1年を前向きにライブしていく勇気がもらえましたよん！　サンキュー！

ライブは新曲もヘロヘロながらがんばってやりました。毎月新しい曲を増やそうって新年に決めたことを有言実行できてヨカッター。きっと良い子に育っていく予感ですっ。その他にも全7曲をやりました。これからもっともっとがんばろうって思えたライブができて幸せです。

う〜ねむいっ。おやすみっ！

## 驚きました　1月16日（木）

とあるサイトでチャットをしてたら、
　　　　　　　*113
初めて遭遇した15歳のコに「キモイ」と言われた。
私が（＾＾；とか顔文字を使ってるからだそうだ。最近は使わなくなってきてるらしいと噂では聞いていたけど、そこまで言われるとショックだった。うーん。カルチャーのジェネレーションギャップだね。

でも「顔文字」って良い文化だと思うけどな。
顔がミエナイと「きらい」と「きらい＾＾；」の違いってわからないでしょ？　これは昔、パソコン通信で知らない者同士が仲良く会話するための知恵だったのよね。そのことをちゃんと説明したらそのコも理解してくれたけど（丁寧に説明してやった、笑）。どうやらティーンエイジャーの中では顔文字を使う人はキモイ人種にされつつあるらしいネ。私も理解した。

ま〜でも、キモイと言われても使い続けるだろうな、(*＾＾*) アタシは。

## バナナの旅　1月24日（金）

今回の大阪・梅田バナナホールでのライブの思い出。
　　　*114

・機材車を運転してくれるスタッフMさんが迎えに来る時間になっても来

---

*113　チャットとは、文字だけで知らない人とリアルタイムで会話をするインターネットのシステムです。知らない人と話すのって「世の中色んな人がいるんだなぁ」と思えて良いものです。気分を害することもあるけれどね。

なくて電話したらまだ寝てて、信じられないほど焦っていたのがおもしろかった。

・大阪城そばの駐車場の〝おっちゃん〟に「御当地ものを食べたいんだけどオススメは？」と訊ねたら隣のビルを指差した。言われるまま行ってみたら「大阪府庁舎の食堂」だった（笑）。Bランチを食べた。

・初めて大阪城に登った。天守閣に着くまでにゼエゼエ言った。「こんなの毎日登ってたんですかね？」「私なら半年に1回でしょ？」階段で登りながら現代人的な会話。

・先日のライブで切ってしまった左指を「水絆創膏」で固めて今回のライブは乗り切った。まるで速弾きギタリストみたいだ。微妙にウレシイ。

・バナナホールはステージも客席も広くて最高に気持ちがヨカッタ。サイコー！　サイコー！　今回もロック大魔王が私に降臨したらしく「アコギ1本なのにすっごいロックですね〜！」と色々な人に言われた。スタッフは「今日こそ曲の途中で弦を切るんじゃないかとハラハラした」らしい。

・バナナホールの自家製ココナッツアイスクリームを食べた。量も多くて美味しかった。ホールの人に美味しいねって言ったら「珍しい人ですね」と言われた（笑）。

・帰りの東名高速は大雨と雪。「これが昨日だったら大変でしたね」「やっぱり日頃の行いがイイから！」と勝手に思うことにした。

## せっかくの　1月27日（月）
下北沢のとあるカフェでハニーバタートーストを食べた。
でも蜂蜜があまりにも多過ぎて甘過ぎてイマイチだった。
以前は美味しかったのになー。人気店になったらコレだもんね。

＊114　大阪でのライブも4回目になった。梅田にあるバナナホールは老舗のホールで広くて音も温かくて私のお気に入りの場所です。この時のライブは最後の曲で感極まって涙ぐんでしまいました。そんな素敵なホールです。

数さえこなせば、食べる人のコトなんて二の次なんだね。
物事は上手くいき過ぎると油断が出るもんなんだね。
バンドでも同じだ。
気をつけよう。

## 美顔よりアフロ　1月28日（火）
年をとると可能性が減っていく。
女のとしての価値がなくなる。
そんな話を友達とした。う〜ん。確かにそう感じる瞬間も正直アル。鏡を見れば重力に負けつつある老けた顔も存在するし、記憶力も昔よりも落ちている。そして何よりも「そういう<u>無神経なこと</u>」を言う男性が目の前に登場するシュチュエーションが増える（たいていロクな男じゃないけど）。
[*115]

でもね、等身大でノビノビと素直な意見を言っても、仕事で先頭を切っても「生意気」と言われなくなって私にとっては生きやすくもなったし、昔よりも好きなオシャレも楽しんでいるし、勉強も続けてるから能力の増強も脳細胞の減るスピードよりも上手くできていると思っている。こんな変人を「カワイイヤツ」だと思ってくれる人も広い世の中には意外といるし（←つまりマニア？　笑）。

現実的に色々なチャンスが減るのは否めないけれども、それを補う努力も必ずあるし、まだまだ恋愛だって仕事だってこれからだといつも思っている。というか、思うようにしている。というか、思うべきだ！
死ぬまで現役だったジャイアント馬場を見習いたい。

南谷真子、まだまだヒヨッコ売り出し中！（笑）

## オーガナイザー　2月13日（木）
集団自殺のニュースを見るとなんだか嫌な気分になる。

---

*115　無神経な男につける薬はない！　でもこの日記を読んだ男性がちょっとでも女の人の不安な気持ちに対して心配りのある言動をしてくれたら嬉しい。そう思っている。

募集や下準備をした人に純粋に嫌悪感を感じる。なんかヤなヤツだ。
どんなことでもそうだけど、主催するのって、誰かの役に立ったぁーって、なんかちょっと偉くなった気分になるし達成感もある。
でもそれは危険な感覚でもあるんじゃないかな？

私は消えちゃいたいなって落ち込む気持ちは、人間にとってそんなに特別なことじゃないと思う。だいたいの人は、自殺願望を持つ瞬間が人生の中で何回かはあると思う。でもやり方がわからなかったり、迷ったり、怖れたり、引き止められたりで、ぼんやりとそのまま生きている。すぐに立ち直ったりできないまま「なんとなく」耐えながら生き続ける。みんなそんなモンじゃないのかな。なのにその時に「簡単ですよ！　さあご一緒に！」って言われれば一線を越えるきっかけは簡単に見つかってしまう。

実は、私は自殺願望のある人達のメルマガを何年も読んでいる。でもそこにいる人達は皆、自分自身がその願望にいつも襲われて苦しんでいるのに、誰かが予告を書くと、なんとか希望を見つける方法はあるよ！　って一生懸命に引き止めてる。不思議なものだ。

*116

その点で今回の主催者は「受け付け終了」って書き込みをしたり「眠るように」というイベント的な発想が長時間継続していて、元気かつ異常な精神を私は感じる。まるでクラブのイベント告知みたいだよ。カルト集団にも感じることだけど、私は群れることで自己肯定するヤツが基本的に嫌いだ。ついでに自殺する時に、借金を抱えた中年男性ではなく若い女を心中仲間に選ぶ男はもっとも嫌いだ。

### 悪魔対アフロ　2月17日（月）
私は比較的に善良な市民だ。でも悪魔の囁きに惑わされることもある。

家電量販店でCDドライブのクリーナーを買ってきた。税込み1024円だっ

---

*116　この頃、ネットに関係したニュースが連日報道されていた。ちなみにメルマガとはメールで届く雑誌のこと。ネットの普及で色んな新しいコミュニケーションが生まれたけど、私のHPの日記もその1つだ。新しい文化は好奇心と警戒心を持って、でも積極的に利用したほうが良いと思う。

た。ちょうど1万円札しか持ち合わせがなくそのまま渡した。レジのご婦人はおつりをまず先に1000円札だけ渡してくれた。
「1、2、3、4、5、6、7、8、9000円です。お確かめください」
そして小銭をくれた。
「976円のお返しです。ありがとうございました！」

あ〜〜。
私は苦しんだ。
言うべきか、このまま知らんぷりで店を出るか？
あ〜〜。
悪魔はささやく。ひそひそひそ。

長い5秒だった。
「1000円札が1枚多いですよ……」
一度は財布にしまいかかった1000円を私は提示した。ご婦人はたいそうありがたそうに笑った。

私は帰り道ずっと興奮していた。だってホントに悪魔の囁きが聞こえたんだモン。「ちぇっ。つまんねーの」ってね（笑）。

## 大人よ、大志をいだけ！　2月25日（火）
私の中で年をとって変わったこと…….

「泣かないで強くなってがんばらなきゃ」
　　　　　↓↓↓
「泣きながらオドオドしていいから、一歩でも前に進めるようにがんばろ！」

楽になった。年をとってホント良かった。

友人R子からの電話で「もう20歳過ぎたら女なんて下り坂よね」って言われた。うっそ〜！　そんな風に思ったことは一度もないよ。自分で言うのもなんだけど昇りっぱなしだ（出だしが低かったからね、笑）。
確かに音楽界だって24を過ぎたらデビューの道は女にはないのかもしれないが、もうそんなことはどうでもいい。そんなショボイ話はこっちから願い下げだ。私は素敵な大人になってきてると自分で思うし（思い込みが大切ね♪）、毎日たくさん恋をしている（思い込みって素敵ね♪）、人間としての可能性は日々増していると感じている（根拠はないよん♪）。少なくとも自分で「もうおばさんよね、もうダメよね、若いコには勝てないわぁ！」なんて言ってるオネエさんよりはイイ年のとり方をしてるはずだ。

サボテンも褒めれば綺麗に咲くらしい！
自分で「オヤジだから」「オバサンだから」とか言うのはよしたほうがイイよん。

## 猫にはなれない　2月28日（金）
夕べ昔からの知り合いのA君と電話していた。
彼は昔っからずーっと〝結婚不要論者〟だ。
お互いに思い合っていればそれで良いと言う。結婚しても浮気したり、離婚したりするんだから、結婚する意味なんかない！　そう言う。
確かに当たっている部分も多い。でも私は昔から彼のその言葉に悲しい気持ちになる。なんでだろう？

電話を切ったあとでずーっと悩んだ。ホント紙切れ1枚の問題なのか？

でも結婚と恋愛は違うと思う。仮契約では踏み込めないことってあると思う。誰でもそれぞれの人生があって、そこに一瞬でも関わる人はお互いに責任もあるんだと思う。関わる部分が増えれば責任も増えるんだと思う。結婚っていうのは、責任の一番深いところを共有できる扉のカギなんだと

*117　求人広告やオーディションなどで年齢制限を見つけると悲しくなるのは私だけではないはず。でも一番悲しいのは自分自身で年齢に制限を感じる時だよ。

思う。
一番深いところって「死」じゃないかな。
恋愛では、精神的に「死」は共有できても物理的に共有できないと思う。独身の私が今死んだら、警察からの連絡も病院での手続きも恋人にはできない。葬式も恋人には出せない。血縁者に全ての権利と責任はいく。
でも私は、血のつながりがまったくないけど誰よりも一番心のつながっている「愛している人間」に看取ってもらいたいと心底願うと思う。その人が一番の家族であってほしいと思う。だから結婚したいと思う。
……と思う。

しがらみなんて関係ないって思うのかな？
そんなら独りで十分だって思うのかな？
独りで十分って思いながらも誰かに電話するのかな？
自分には昔から家族がいないからわからないって言ってたね？
理解してみよう……って考えることはできないのかな？
あなたは独りではないよ。
私はそばにいたいよ。

## 壊してしまうのは簡単だ　3月7日（金）
<u>人とのコミュニケーションはやっぱり難しいね。</u>
*118
性格ってどうやって形成されていくんだろう？
もって生まれたもの＋幼児体験＋成長過程の人間関係。
そして自分のイメージする世界観なんじゃないだろうか？

私は20歳頃までは生真面目で自信のない女だった。
でも小説で読むイキイキした女の人に憧れていた。
「ナンシードルー・シリーズ」というアメリカの推理小説があるんだけれどもその主人公に憧れた。ナンシーは普通の人だけれど、気転が利くし行動力があってカッコ良かった。気がつくと、憧れに近づきたくて自己変革

＊118　3月3日に第2回目の私の主催ライブイベント「あんみつNIGHT」を終えてホッとしたと同時に疲れも感じていた。自分のイメージする自分はもっとタフなはずなのに、って落ち込む。そんな時には過去の自分を思い返すことにしている。

をしようと試みる自分がいた。「私は○○な人だから」という凝り固まった部分が溶けてきた。今の自分は20歳の自分よりもちょっぴり好きだ。それは、もともとの自分じゃなくて、自分自身で作ってきた自分だからだと思う。

今日は色々なことが上手くいかなかったけど。明日から自分の望む自分をもっと強くイメージして生きてみよう。
自分を変えられるのは自分だけだ。

## ザ・都はるみ　3月9日（日）
都はるみさんのインタビューを「婦人公論」で読んだ。

この人はすごいアーチストだ。演歌の人を私は今まで誤解していた。歌だけを唄う歌手っていうスタイルが、自作自演の私からはアーチストとして理解できなかったのだ。でもインタビューを読んで変わった。
「今の人達は自分で曲も歌詞も作るから、嘘っぽいものはだめなんですよ……」ってはるみさんが自ら言っている。[*119] でもその言葉の意味は自分も自作しなくちゃイケナイっていうネガティブな意味ではなくて、歌手はより自分自身のリアルな世界として楽曲を唄うパワーがなくちゃイケナイってっていう意味だと私は思う。とてもタフな人だ。

ところで自作自演だからといって「嘘っぽくない」って言えるだろうか？

歌詞って実は簡単です。へろへろ〜って何でもいいから言葉を埋めればいいんだから。でもそこにメッセージとかリアリティとか質感とか映像とか作風とかを込めるのはとても難しいんです。気を張ってがんばらないと、惰性でも音楽は作れてしまうんですよね。そして嘘っぽい曲は唄うとハッキリわかるんですよね。他人はもちろん自分自身が一番にわかる。

---

*119　演歌の歌詞を読み直すとすごいと感じることがある。八代亜紀の「愛の終着駅」の歌詞はホントスゴイ。そして大物演歌歌手の唄のパワーはやっぱりスゴイ。北島三郎の「がまん坂」に、こないだ感動した。音楽は奥が深いね。

はるみさんが言う「今は嘘っぽいものはだめなのよ」という言葉は自作自演の私達にも当てはまるんですよね。自分で作ったものだからオリジナリティがある、リアリティがあるなんて幻想なんですよね。
はるみさん、苦言をありがとう！
「北の宿から」を男にすがる弱い女の歌詞から、きっと最後は自分で立ち上がるだろう強い女の歌に変えたのは、彼女の歌手としての唄の才能と、ご本人のタフな人柄なんでしょうね。

## 不細工の日々　3月11日（火）
フライヤーの写真を新しいのに変える。
ところで自分の顔って難しい。

私は自分の顔で好きな部分はない！　目を二重にして、口を引っ込めて、鼻をほそくして、彫を深くしたい。……って全部か（笑）。でもね。自分の表情は好きだよ。小さい子どもの頃と変わらないニコニコ笑い。真剣そのもののがんばってる表情。疲れてポヨーンとしてる間抜けヅラ。けっこう気に入っている。

自分が美人じゃないことに気づいたのは小学校2年の頃だった。
鏡を見て自分の顔を描いた時だ。横顔なんて、平たん＆アンパンマン顔で最悪だった。分析すると、美人は「目と眉毛が近い！」「口が引っ込んで入る」「ぜったいに二重」なのだ。その日から色々試したが、自分の顔では無理なコトばかりだ。凹んだ。とっても凹んだ。

中学になって髪型が大事なコトに気がついた。目と眉毛が遠いなら前髪で眉毛を隠せばいい。口が出てるなら横の髪を巻き毛にすればいい！　目が小さいなら上の髪をぎゅっとしばって吊ればいい！　……ナイスアイディア！
ぱちぱち。

美容院でできあがったのはイワユル「聖子ちゃんカット」だった。自分で言うのもなんだが、かわいかった。嬉しかった。不細工な劣等感から抜けだせた。しかし、家に帰ると母が激怒して美容院に戻され、「田舎風ショートカット」にされた。もとの地味な女の子に戻った。魔法がとけたシンデレラの気分だった。かなり泣いた。

大人になって髪型は自由になった。中学の頃に気づいたノウハウは正しかった。最終的にアフロにしたらの多くの悩みから解放された（つまり顔の大半が隠れる、笑）。わ～い。
でも待てよ。
写真を見る。やっぱ不細工だ!!　なんにも変わっていない！
でも、変わった部分がアッタ。表情の変化の激しい顔になったことだ。激笑。激怒。激悩。激喜。そんなことが反映されやすい顔になっていた。
今までの時間が作った顔だ。
マイケル・ジャクソンの悩みは私にもわかる。彼と私の違いは、悩んだ瞬間に顔を変えるお金と環境を持っていたかいなかったかの違いだけだ。彼も今の自分の表情は好きだろうか？
きっとケッコウ好きだと思うなぁ。

## 安眠枕　4月2日（水）

<u>1個1万円ぐらいする枕</u>をもらった。
これが驚くほど深～～く眠れる。
電話が鳴っても起きなくなった。
夢をあまり見なくなった。
すごいね～！
でも困ったことに、眠るのが楽しくて起きるのが嫌になった。
寝てたい。
ずっと寝てたい。
ご飯も食べずに寝てたい。

*120　聖子ちゃんカットって'80年代にはそこら中にいましたよね？　毎朝くるくるドライヤーで両サイドを膨らませ、てっぺんの髪をふんわりさせ、眉毛の下で一直線に揃えた前髪を内巻きにカールさせて……。あれって欠点をカバーする最高の髪型だと思うなぁ。また流行らないかしら？

「春眠暁をおぼえず＋熟睡天国＝なまけもの」
私に無理やり出かける用事をください（笑）。

## 一番合わなくて一番大事な人　4月10日（木）

<u>親子関係を相談されることがたまにある</u>。深い闇だ。
*122

人は差別する生き物だ。人を見上げると嫉妬をするし、見下げられると腹が立つ。でも気がつくと自分も人を見下げてたり見上げてたりするもんだ。私はたぶん育ってきた環境に対する反発が、音楽を始める原動力だった気がする。ウチの親は音楽や役者を差別している。もちろん伝統楽器や伝統芸能は別だ。家にオーディオすらなかった。TVはNHKばかりだった。99点でも怒られる家だった。そんな価値観に疑いを持ったのは中学生の頃だった。医者か学者になれと言われてきた私は、学業ではなく人間関係でつまずいた。自分の中にある対人恐怖症に気づいた。そこの根元にあるのは、他人を必要以上に見上げたり見下げたりする自分の疲弊した精神だ。もしかすると自分と変わらない価値観の人達の中にズーッといたならば、見上げも見下げもしないので気づかなかったかもしれない。
でも何度も転校して気づいてしまった。

ロックを始めた。ゼロから自分で積み上げたブロックだ。親が見下してきたタイプの人間を師匠と呼んで尊敬した。心底から敬愛できた。自分の中の価値観を壊すことができた。辛かったけど楽しかった。
この人生で色んな苦しみは新たに生まれるけれども対人恐怖症は今はない。それに私が親の望まない生き方を選んだことで随分と親も変わった。もちろん今でも時々ぶつかることがある。でもそんな時は血縁者だから――もしクラスメイトならゼッタイ仲良くなってないタイプだけど――血縁者は血縁者だからって思うことにしてます。

　親兄弟親戚は大事にするべきだし、感謝の気持ちを忘れちゃいけないって

---

\*121　枕について書いたら「どこのですか？」ってメールが翌日に何通かきた。ライブのMCで喋ったらアンケートに「私も使ってます」ってメッセージがけっこうあった。枕で悩んでいる人って多いんですね。

思う。でも……本当に自分のことを理解して心配している意見なのか？
見栄や世間体や優越感から心配している意見なのか？　それは客観的に見
分けたほうがいい。愛情ってものは意見をラッピングしている薄い包装紙
みたいなものだ。いくら綺麗に包まれていても受け取れないプレゼントっ
てやっぱりあるよ。

でも最後は許したいし、許されたい。これが私の思う家族観だ。

## 人口変化　4月24日（木）
今日もアフロ・メンテ無事終了。やっぱりつかれたっ。
ところで……。
私は表参道を歩きながら気になってしまったことがある。うすうす気づい
ていたんだけれども。今日確信した。
「東京の年齢層が上がっている」
原宿の街をかっぽしている人も、地下鉄に乗っている人も、美容室に来て
いる人も、洋服屋で服を見てる人も、カフェでお茶してる人も、
全ての場所で若年層が減っている！　「平日だもん」って言うかもしれな
いけど、そのせいばかりではないと思う。

おもしろいから明日もチェックしてみよう。
日々の楽しみが1コ増えたっ。

## 反省してます　4月28日（月）
S氏と2人であんみつを食べに行った。
　　　　　　*123
そういえば、
普通のカップルって、こんな時にどんな会話をするのだろうか？
我々はバンドの話やライブの話など、こむずかしい話をずっとしながら、
むちゃくちゃ美味しいあんみつを2人で食べていた。
「あずきは十勝の大納言だよね！」とか、

---

*122　家族のことをHPの日記で書くのは一瞬ためらわれる。でもメールでファンのコから家族関係の悩みとかがくるたびに、みんな他の家族の姿を知らないんだなぁって思うのだ。私にも隣のお宅にも家族の悩みはある。単純にそれを伝えたいと思って書いた。翌日親からクレームがきた（笑）。

「寒天って海藻からつくるんだよね」とか、
「あんみつにアイスを入れた人って感性がジャンクだよね！」
なんて話をせめてすれば良かった。

こんな生活じゃいかんな〜。

## 違う星の人　5月3日（土）
考え方が合わない人に出会ったら「違う星の人」、そう思うことにしている。
*124
世の中で自分と同じ志向の人なんて3％ぐらいだろう。
そのギャップに苦しくなったら異星人だと思えばいい。
話せばわかる！　いや言葉自体が通じない。
そう思えば諦めもつくってもんだ。

え、昨日のライブで私は異星人に攻撃してたって？
領空侵犯には断固とした態度で挑むのがウチの星のならわしです（笑）。

ところで異星人と恋に落ちるとけっこうツライ。
価値観が違うから「どうして連絡してこないんだ」「どうして向き合ってくれないんだ」「どうして浮気するんだ？」「どうして仕事しないんだ？」「どうして？　どうして？」そんな悩みの渦に巻き込まれる。たぶん異星人は時間の観念が違うんだ。たぶん異星人は愛情表現が違うんだ。たぶん異星は一夫多妻制なんだ。たぶん異星は資本主義じゃないんだ。
だから理解し合うのは難しいと私は考える。

そんな異星人とばかり恋に落ちる人がいる。
私はやめといたほうがイイヨとは言わない。「異星人研究員」としてしっかり潜入取材に行ってこい！　と励ます。でも、大変だから6ヵ月ぐらいで本国に帰還したほうがイイとも言う。

---

*123　あんみつを初めて出した店が銀座にある。ところで、あんみつにアイスクリームを入れた最初の店というのはどこなんだろうか？　とても気になる。

私も異星人研究所資料分析課に所属かなっ（笑）。

## アフロック教　5月7日（水）
私は……。
地球最後の日よりも、
人生最後の日よりも、
夢を諦める日のほうが恐ろしい。
更に今月は、
生活費が底をつく日が恐ろしい。
こわっ……。
来週は電気とガスが止まるかも……。
たぶん救世主は質屋か古着屋だ。

## 1人じゃできないもの　5月7日（水）
私の周りで近々結婚する人が2組いる。いずれもケッコウ若い。

どっかの国の格言に「1人でずっといると1人でしかいられない人間になるから、あまり長い間1人でいないほうが良い」というのがあるらしい。これ、当たっている。私の周りで中年まで独身の人は、その後もまず結婚していない。そういう人は、だいたいが結婚すると犠牲にするものが多いと思っている。趣味、時間、精神的自由、若さ。その考え方には共感はしないが理解はできる。だって1人のほうが慣れちゃえば楽にきまっている。やっぱり若いウチに結婚しないと結婚できないよなぁ……。メリットを比較する脳味噌が発達しちゃって。
私はその点「では」大丈夫です。だって趣味ないし、寂しがりやでお喋りなんで一人暮らしがマッタク向かないモン。え？　マザコンだって？　うーん。否定できないにゃ（笑）。

もう1個の格言「長過ぎる旅に出ると、そのうちあてもなく彷徨うただの

---

*124　違う星の人。この考え方はラジオパーソナリティーの勉強をしていた時に先生だった白石冬美さん（声優さんとしても有名なチャコさん）から教えられたことだ。この考え方に、私は仕事でも恋愛でも友人関係でも、とてもとても助けられている。

放浪者になるから長過ぎる旅には出るな」っていうのもあるらしい。これは「旅」って表現してるけど、転職し過ぎるなとか、夢を追い過ぎるなとか、色んな意味に取れるイターイ格言だと思う。

目的を忘れてその行為を続けることだけが目的になってしまう。
自戒のことばだ。

## 曇り時々雨　5月19日（月）

時たま誰にも会いたくない時がある。そんな時に人に会うと後悔することが多いものだ。あんなに喋らなきゃ良かったなぁとか、もっと話せば良かったなぁとか、色々ね。そんで後悔してる自分に更に落ち込んだり。
*125
そんな時は寝るに限る。
人間には忘れるという最高の能力がある。
忘れるまで寝る。今日は寝る。

## 知らなきゃ良かったのにね　5月22日（木）

『バック・トゥ・ザ・フューチャー』を観ていて思い出した。
昔、当時つきあっていた人とタイムマシーンの話になった。
彼は未来に行ってみたいと言っていた。
私は彼の子どもの頃に行ってみたいと言った。
そんで小さな彼に「魚はきれいに食べなさい」とか「泥んこ遊びしなさい！（彼は潔癖症だった）」とかイッパイ説教して来るんだぁ〜！　と言った。
彼は「この女の人ダレ？　って思うんだろうなぁ」って笑った。

そう、人は知り合う前は知らない人だ！

知らない時の印象と、知り合ってからの印象は随分と違うものだ。私はバンド活動を2年前に突如として始めたので、周りは知らない人ばかりだっ

---

*125　私は一度、誰にも会いたくないと思い始めると、本当に誰にも会わなくなる。キッカケはたいていライブが上手くいかなかったり集客が少なかったりした時だ。敗北を認めるという行為には時間とエネルギーが必要だからね。たまには落ち込むのも良いと思いませんか？

た。正直言って怖そうな人ばかりだと、初めは感じていた。
例えば友達のバンドのウィウィマーフィーは1年前に下北沢の餃子の王将で一緒に飲んでいる。だけど実は顔の印象がない。どこに誰が座っていたかも覚えてない。ただ怖そうな渋谷の全盛期のチーマーみたいなお兄さん達だなって思っていた。今になると笑えるけど、Unlimited Broadcastなんて下北沢の屋根裏ってライブハウスで初めて会った時、「この人らってススキノのショーパブの人達か？」と思った（ゴメン、笑）けれど、ちゃんと知り合ってみたら本当は、皆さんごくごく普通のイイ人達です。今は普通にちゃんと話せます（笑）。当たり前なコトなんだけど不思議なもんです。

ところで普段でもタイムマシーンに出合うことはある。先日「彼氏が自分とつきあう数日前に別の女の子に告白してフラレていた、という話を偶然に知ってしまったの」という話を聞いた。あぁ、突然現れたタイムマシーンだ！　「自分とつきあう時に、彼の脳裏には数日前の告白した女の子のことがまだあったんじゃないか」そんな腹立たしさを感じたらしい。
タイムマシーンがなければ知らずに済んだのにねぇ。私は「笑って済ましなさいな！　お互いさまっしょ！　過去じゃなくてこれからが大事なんじゃないの？」と笑った。

でも人間には、過去を許すなんて大きな心はたぶんない。
過去でも許せないなら、未来はきっともっと絶望する。
タイムマシーンはないほうが平和だ。

## 小咄をひとつ　5月25日（日）
ボクシングを見ていて恋愛に似ていると思った。
*127

恋愛の下手な人はリーチの届かない距離でずっとステップだけ踏んでいる。これなら打たれることもないけれども、勝つこともないし相手も観客もお

---

*126　Unlimited Broadcastは心に響くバンドで、私がライブを観て涙を流したのは彼らのが初めてでした。でも会話がおもしろすぎて人見知りの私は最初ちょっと近寄りづらかったんです。ウィぼ

もしろくもなんともない。恋愛の上手な人は、打たれながらもバンバンとパンチをくり出してくる。当然だけど、KO負けする時もあるし、勝つ時もある。どっちにしても短時間で結果が出るし盛り上がる。そして観客からも人気が出るものだ。つまり恋愛の上手な人はミンナからモテル。

モテモテA君とモテないB君は何年も一緒に住んでいる親友だ。
先日B君と話していて「どうしてAはあんなにモテルんだろう？」って会話になった。
「そりゃ口説くからに決まってるんでしょ？」と言ったら
「え？　アイツ口説くの？」ととぼけたコトを言っている。
「当然でしょ。他にモテル方法があるわけないでしょ！」
「知らなかった……」
「B君、口説いたことナイでしょ？」
「ない……」
そのあとでB君は私を口説いてきた。私はモテない原因をもう１つ見つけてしまった……。
「空気を読め！」

## ぽそっ　5月26日（月）
平然と
歳を嘘ついてるのと
独身だと嘘ついてるのと
ヅラを黙ってるのと
身長を嘘いってるのと
出身地を嘘ついてるの
……どれがイヤっすかねぇ？

## makoちゃんって呼びかけて　6月6日（金）
普段から「○○さん……」と会話の中で名前の呼びかけをたくさんする私

ウィマーフィーは「私も男だったらなぁ」って思わせるカッコイイ人達です。でも人見知りな私にはカッコイイ＝怖い！って感じが最初ありました。

にとって、相手の名前を知らないで会話するのはとてもしんどい。

名前の呼びかけをたくさんすると人間関係が濃くなる気がする。
恋も始まる……。
だいたい、好きになる相手に最初に名前を呼ばれた時ってドキッとするもんだ。そんでたくさん名前を呼ばれていると、なんとなく興味が深くなるものだ。逆に、名前を知らないで話してたり、名前を呼ばない会話の仕方をすると、お互いに相手への興味も信頼も深まらない気がする。つまり無難な会話だ。ましてや「あの～」「えっと」という言葉で呼びかけてると、相手に気づいてもらうまで会話が始まらないから、必然的にヌボーっと至近距離に近づいてしまう。それで不気味がられるよりも「○○さんっ！」って元気よく声をかけたほうが絶対に良い。しかも自分のことをサッサと自己紹介してくれると更に高感度アップ間違いなしっ！（笑）

ちなみに名前じゃなくて「キミ」とか「あなた」とかでも良いんだろうけど、日本語においてはカナリ不自然だ。やっぱり名前や愛称が一番だよね。呼びづらい時は「なんて呼んだらいいですか？」ってサクっと聞いてしまいましょう。
もちろん恋愛以外でも主語や名詞がいい加減だと誤解や間違いも多くて困る。いちいち「誰が？」「どこで？」「何を？」って聞き返して確認するとイライラする。やっぱり丁寧に「誰が誰に何を」という部分を話したほうがいいんじゃないだろうか？

会話のために文章を書いたりするのは大事だ。本なんていくら読んでも会話は上手にならない。私はラジオパーソナリティーを始めた頃、上手くトークができなくて自分で「一字一句」まで台本を書いてから番組を収録してました。半年ぐらい続けたら楽に話せるようになりましたよん。
*128

というわけで訓練も兼ねてHPの掲示板に書き込みをしてみてね（笑）。

＊127　私は格闘技ファンではないんです。ただ一生懸命に何かをしてる人の姿には人生のヒントが見えるようでついつい見てしまうのです。ちなみにボクシングと言えば映画『ロッキー』です。パート1が好きです。

ポイントは主語と名詞と名前の呼びかけです。

## 化学実験　6月7日（土）
洗濯2日目……え？　2日？
私はピンクって色が嫌いだ。あの中途半端な発色が気に喰わないし、だい
　　＊129
たいピンクって色は私に似合わない。

昨日は洗濯日和だった。ウキウキしながら洗濯機を回す。全自動だからスイッチを押せばできあがりだ。最近の液体洗剤はなかなか良いね！　なんて鼻歌まじりで待つこと10数分。「あっ！」蓋をあけた私は絶句した。ありえない。絶対にありえない。何度も洗っているハズの赤いシャツから色落ちして「全てがピンクになってる～！」

私はピンクが嫌いです……。

今日はひたすら漂白の日々なのです。順番に試しました。
洗剤×→部分洗い用強力洗剤×→酸素系漂白剤×……。
というわけで、とうとうアレに手を出してしまったのです。
「Gパンにも穴をあける」と飲食系アルバイターにも恐れられている〝塩素系ブリーチ〟である。しかも原液タイプ。

昔スパゲッティ屋でバイトしていた時に、新品のジーンズに穴をあけられた私は恐る恐る洗濯機に入れていった（普通はバケツでやるんだけど）。
すごい！　やっぱりすごい！
強力な塩素のニオイとともに確実に色が消えていく。そして柄も消えていく（笑）。ついでに指先もツールツルッ。溶けたんですね。はい。

皆さんは生地が傷むのでやめましょう。
私はピンクが嫌いなんでいいんです。たぶん……。

---

＊128　FMくしろで番組を始めた頃の自分で書いた台本は本当にすごかった。「えー」とか「それでね」とか「（笑）」まで書いてた！　目の前にいない人に、目の前の物を紹介するのが一番難しくて、特に食べ物の話はとても難しかったのを覚えている。

でも穴があいてたらどうしましょう。

## 等身大のカッコよさ　6月17日（火）
<u>お財布って大事だ。</u>
*130
お会計の時に一緒にいる人が取り出す財布で「意外だな」って思うコトが時々ある。いつも立派な服とかを着てる人なのにナイロンの擦り切れたような財布を持ってたり、貧乏なのに異常に高級なブランド品の財布を持ってたり、逆に品のいい財布をさっと出して好感度アップすることもある。財布ってその人の「器」を反映してる気がしてしまう。

私はとうとう「あの」財布を使うことにした。長年憧れていたけれど「まだ似合わないよなぁ」と思って我慢していた「半分にたたまない」財布を使うことにしたのだ。

小さい頃はビニールの財布に十円玉を集めた。少し大きくなるとバス代を入れるためにガマ口をランドセルに入れていた。高校まではずっと合皮かナイロンの半分にたたむ財布だった。それから最近までは革の半分にたたむ財布だった。
確かに小さくなる財布はカバンにしまいやすくて小銭もたくさん入って便利だけど、映画やドラマでカッコイイ役の人は必ずたたまない財布を持っている。私は大人になったらカッコイイ財布の持てる人になりたいと思ってきた。子どもの頃に一度、たたまない財布を持ってみようとしたんだけど、やっぱり似合わなかった。まるでお母さんのお財布を持ってるみたいな感じだった。
私の中ではたたまない財布はずっと大人の象徴みたいなものだった。
今の私にちょうど良くなってきた深緑の革のたたまない財布。あー、私も大人になったんだなぁ。ちょっとウレシイ。
しかし問題が１つある！　私が大人だなぁ〜と思えるだけの中味が入っていない（笑）！　これではその辺の高校生より少ないんじゃないか？　やっ

---

＊129　私の家で唯一のピンクはトイレの便器です。交換する時に私がお願いしてピンクにしてもらったのです。ピンクは温かみがあってけっこう良いですよ。トイレには（笑）。

ぱりまだ背伸びかしら……。この財布を私が取り出した時に自然に見えるようになるのはもうちょっと先だね。

それにしても大人になるのって楽しい。

## コロコロ　6月20日（金）
鳥になんかなりたくない。当たり前になりたくないから。空はどこまでも届かないままでいい——。
先日初めてライブを観て好きになった、「ハンサム兄弟」の新曲はこんなテーマだった。どの歌詞もすごく良かった。

今日は急に色んな人に会いたくなって色んな人に会ってきた。
誰にも会いたくなくなったり。誰かに会いたくなったり。気持ちってやつはコロコロ変わるし自分勝手でやっかいなやつだ。でも心がコロコロ変わるのは生きてる証だし人間らしくて良いのかなって思ったりする。
今日も優しく私に接してくれた皆さん、ありがとう。

深夜アブラムシの巨大なやつ（って私はアレを呼んでる）がキッチンに出
*131
没した。あー怖かった。

## 飴と瞳孔　6月25日（水）
ところで、口説き文句って色々あるけど「目が好きだ」って言われるとケッコウその気になるもんだっ（笑）。
目っていうのは口ほどに物を言うらしいけど、その人の人格を象徴する部分なのかもしれない。カメラ付き携帯にしてから自分の目だけをいっぱい写して研究している（またマニアな遊びを覚えてしまいました）。何度も見ているうちに、自分の目って黒々としていて飴玉みたいだなって思うようになった。そういえば私は小さい頃、鏡を見ては瞳孔を広げて遊んでいた（バカだなぁ、笑）。瞳孔の動きはグニャグニャと生き物みたいでスッ

---

*130　財布についてこの日記を書いてから、私の前で財布を出す時にあれこれ言い訳をする人が増えた（笑）。人としての器を測られているようで、緊張するらしい。私の日記を読んでくれてる人の多さと影響力にびっくりした。

ゴイおもしろいんだよね。何時間見ていても飽きない。そして瞳孔が広がった目が一番に飴玉みたいで美味しそうだった。

そうか!! 口説かれる時に「目が好きだ」って言われるのは、ラブラブ光線を発する時には瞳孔が広がっていて飴玉みたいになっているからかもしれないね。
え？ 私がラブラブ光線を出してるって？
いえいえ、実は私は子どもの頃に瞳孔広げて遊び過ぎて「極度の近眼」になってしまったんです（笑）。みなさん勘違いですよぉ！ ジッと見つめてるんじゃなくて、よく見えてないんですよぉ！
*132

なんて種明かししないほうがイイのかな（笑）。

## 1 人地動説　6月27日（金）

児童殺傷事件の犯人……ああいうタイプの人って意外と周りにいるよね。犯罪を起こすか起こさないかの違いはあるだろうけど。

自分の知っている世界が全てだと思っている。自分が世の中の中心だと密かに思っている。でも現実には世の中の中心にどうやってもなれないどころか、友達の中でも中心になれないタイプ。人の輪の中心になれないのは本当は自分が努力をしないからだ。「努力しなよ……」って言うと、ナンダカンダ言い訳して自己弁護にまわる。
結局はワガママで頑固で見栄っ張りで気が小さい。

コレを大人になってから直すのは、無理だと思うなぁ……。何でも自分の都合の良いように解釈するんだろうからね。どうせしまいには「俺は2000年前からサイババの弟子だ！」なんて妄言を言うんだろうし。

天動説を信じてる人に地動説を教えるのはやっぱり難しかったんだろうね。

*131　巨大アブラムシとはゴキブリのこと。札幌で育った私にはあんな生物はなじみがないので東京での一番の困りごとだ。小さい時から怖がりの私は、一人暮らしをしたらオバケと泥棒が怖いと思ってた。でもオバケより実体がある分、泥棒より会話ができない分、ゴキブリのほうがおっかない！

ガリレオさん！
あ……。
こういう人って同じタイプの人と同じ部屋に入れられたらどうなるんだろうね。月に映る地球の陰で地球が回っているコトに気づくように相手の醜い姿を見て自分の醜い姿に気づくだろうか？
あ……。
そんな感性ないか。

## サッカー少年と私　7月5日（土）
男の子がサッカーをしてる隣で、私は1人野原に座って周囲に目もくれず
*132
一生懸命にシロツメクサの冠を作ってる感じ。
サポートメンバーと行った大阪ツアーのスナップ写真を見てそう思った。

こういう活動をしてると男の子ばかりが周りにいて、しかもスゴク仲良しで毎日一緒に過ごしてるように受け取られがちだ。でも、私は男になりたいわけでも、彼らの輪に同じように入りたいわけでもないから、ミンナが思っているより淡々と1人で過ごしている（仲悪いんじゃないよっ、笑）。

男と女は違うから、コレがナチュラルだって思う。
だから私は男言葉も使わないし、大酒も飲まないし、打ち上げも途中でサッサと帰ることが多いし、必要以上に連絡も取らない。無理に輪に入ろうとすると無理してる自分に嫌気がさすからね。「お前は女だと思ってないからなぁ！　がっはっは！　もっと飲もうぜ！」なんてお酒の席で言われても私は喜べないもん。っていうか嫌だ。

私はシロツメクサの冠がキレイにできあがることばかり考えている。
でもサッカーのボールがこっちにコロコロ転がってきて「マコちゃんボールとってー！」って言われた時は「いくよぉ」って大きな声で言って、もちろん最高の「インステップキック」で思いっきり遠くにバシッと飛ばし

---

*132　極度の近眼ってどのぐらいかと言うと、フレームの色が濃くハッキリしてないと外したメガネが捜せないぐらいです。近眼になって困るのはお風呂ですね。メガネかけて入浴してるのは私だけでしょうか？　こりゃ色気もなんもないねぇ（笑）。

てあげるけどねっ。へへへっ。

## おいしい関係　7月8日（火）
昨日が七夕だってこと忘れてました（笑）。

1年に1度だけ会える恋。
つまり10年たっても10回。
つまり20年たっても20回しか会ってない。

これって相手のコトをほとんど知らないってコトだ。
これって自分の中にある相手のイメージを好きってコトだよね。
うーん。
あたしには共感できないな。
これなら20日つきあって別れるほうが健全だ。

イメージに恋するというのは、恋に恋してるみたいで好きじゃない。
水虫の足も、背中のニキビも、変な寝顔も、だらしない性格も、
全部まとめて「だいたい」好きかなぁ。
そんぐらいの現実的な恋愛感覚のほうが私には合ってる。
これが『おいしい関係』って曲で唄ってる私のテーマです。
*134

## レナード　7月13日（日）
TVで『レナードの朝』を観た。
好きな映画だ。

ところで、最近の私は悩みが5つを越えてしまい、自分の手に負えなくなっている。もともと悩む体質なので3つが限界なんです。これじゃあ落ち込みがちなのも仕方ないですね。とほほ。
性格って良い部分が悪い部分でもあったり、悪い部分が良い部分でもある

---

*133　小学生の頃はサッカー少年団に入っていた。あまりスポーツは得意ではないんだけれど、何歩か助走をつけて踏み込みボールを蹴るインステップキックで遠くにボールを飛ばす時のボーンという音が好きだった。

もんで、私の場合には底知れない向上心が悩んだり苦しんだりする原因なんです。でもこの向上心のお陰でココマデこられた。この日記やHPだってそれがあるから続いているしね。時々得られる小さな満足感以外には得られるものはないけれど、ダメな自分なりにヨカレと思ってこんな自分と付き合わないといけないですね。

『レナードの朝』で自発的意志行動が失われた患者が、音楽や映像など外的な刺激を頼りに行動できることを発見する……。そんなシーンが出てきた。実は私は鬱状態になって全てに極度な無気力になることが時々あるんだけれど、そんな時は外的な刺激に頼って行動してます。これがケッコウ上手いこといってるので、行動面では周りの人は気づかないと思う。それとなんとなく同じだなぁって思いました。

がんばろ。ぽちぽち。

## 相思相愛論　7月17日（木）
先日のライブのMCでふと思いついて話した「相思相愛論」。

恋愛の上手くいかない原因の1つに「好き」って感じる時間に男女のズレがある気がするんですよね。女の人は「好きな人と付き合う」、男の人は「付き合っているうちに好きになる」、そんな感じがしませんかね？　その両方の思いが一致したところが相思相愛だと思うんですよ。
……って話をした。

この違いのせいで、女のコが相思相愛の状態を付き合い始めに求めると男性は引いてしまうし、女のコはそんな彼に不信感を持つ（笑）。私は個人的には、男のコは初めからスッゴク好きじゃなくても大袈裟に好きな振りをすれば良いと思うし、女のコは3ヵ月ぐらいは気長に構えていれば良いんじゃないかと思います。なーんて言っても、すぐに最初の情熱が冷めて

*134　〝あなたがいて私がいて、こんな基本形になりたい！〟と『おいしい関係』で唄ってみた。私の貧相な冷蔵庫にはタマネギと卵しか入っていない。でもこれが料理にはいつも欠かせない基本形なのだ。恋愛でもそんな2人でいたいって私は思う。

くるのもコレまた女のコだったりね？　男女の温度差は埋まらないもんだねぇ。
そういうのが『みんなのなやみ』って曲で唄ってるテーマなのです。
*135

## 本を出すことになった　7月22日（火）

小さな頃、剣道の帰り。
街灯の少ない小学校の横の暗い道を、
ずっと「怖くない怖くない……」ってつぶやきながら、
1人で帰ってきた。
遠くに見なれた明かりを見つけてホッとする。
家まではまだまだあるのに、今頃できているであろう
夕飯のにおいが頭に浮かんできて、
さっきまでの孤独や恐怖が消えてしまう……。

今日はそんな1日だった。

新しい花の種を見つけた。
*136
花が咲くかどうかは蒔いてみなければわからない。
でも、もう何もないと思っていたポケットから、
花の種が見つかったことにスゴク嬉しくなった。

種を蒔いてみよう。大事に育てよう。
もしかするとスゴイ花が咲くかもしれない。何かの実がなるかもしれない。

希望の種だ。

## 関西ツアー始まる　7月29日（火）

昨日の大阪・梅田バナナホールのライブ。
来てくれた皆さんどうもありがとうねん！

*135　最近、恋愛相談のメールがよく届く。私達はみんな誰かに愛されたいと願っている。でもその気持ちが不安を生んじゃうんだよね。『みんなのなやみ』の歌詞には結論がない。昔プロデューサーに結論を付けろって言われたんだけど、結論がないのが悩みってもんじゃないかと私は思う。

お客さんもイッパイで雰囲気も良くて、とっても楽しかった〜。
バナナホールはアタシにとって特別な場所ですよ。やっぱり。

思えば大阪に最初に唄いに来たのが去年の8月。
ほんとに独りぼっちでアコギ1本抱えて知らない場所にトボトボとやって
　　　*137
きた。寂しくて心細くて涙が出た。それから気づけば、はや6回目の大阪ライブ。来てくれるお客さんも増えてきて、知っている場所も増えてきて、また来るんだっていつも思えて、少しずつ自分の場所ができた気がします。大阪の皆さんほんとにありがとっ。

今日は休みで明日は神戸のチキンジョージです！　今回のライブのために持ってきた関西限定のCDは残りわずかです。名曲ぞろいなのでぜひともお求めになってね。
さで、今から梅田にギターの弦を買いに行きまーす！

## ジョージはイイやつだった　7月31日（木）
昨日のチキンジョージは初めて出るホールだった。

三宮の駅から生田神社を目指して1人でギターと機材と販売用CDをかかえてトボトボと歩いて行った。道が広くて風も爽やかでなんか札幌に似ているなぁ……そんなことを考えた。生田神社の左側に2階建てのチキンジョージがあった。「おー」今まで出たことのあるライブハウスとはぜんぜん雰囲気が違った。びくびく。どきどき。
中に入るとサウンドチェックが始まっている。毎度のことながらこういう時は周りが皆さんベテランに思えて、自分が酷くダメなヤツに思えておどおどしてしまうのだった。周りからはそう見えないんだろうけど、本当はそうなのよね。

チキンジョージのステージは本当に気持ちいい！　ステージから見えるも

---

*136　どんな花も種を蒔かなければ絶対に咲かない。人生の種は蒔いてから何年もかかって花になる気がする。いつ咲くのかわからないからムダなんじゃないかと諦めそうになるけれど、音楽もこの本ができるのも過去の私が種を育て続けてきたからだ。未来のために今日も何かの種を蒔こう！

の全てがカッコ良いのだ。広い客席も天井のプロペラも料理を作っている厨房の明かりもPA席の人影もあまりにもカッコイイ。リハーサルが終わる頃には「今日は良いライブができるなぁ」って確信した。

本番前にFM MOOVに出演させてもらった。久しぶりのラジオ。うーん、自分で1年半もラジオ番組をやってたのに、今回も含めて一度も自分の声を電波から聴いたことがない。どんな風に聴こえたんでしょうね？ 短い時間だったけどお喋りできて楽しかったですよっ。

そうそうチキンジョージって〝まかない〟が付くんですよ！ チキンライスにチキンのオーブン焼きにサラダ。これがムチャクチャ美味しかった。本番前の楽屋で出演者が全員でご飯を食べる姿は「学校の給食の時間みたいだなぁ」ってワクワクしました。あれって性格出るよね。お水をワザワザ皆に注いでくれるコとか、ヒタスラ無言で食べ続けるコとかね。
このご飯タイムのお陰で本番前に出演者はミンナ仲良くなりましたとさっ。

ライブはOAだったけど普通に25分も時間があって6曲も唄ってしまった。もちろんしっかりトーク付き（笑）。それにしても、なんでスタート時間が早くて私目当てのお客さんばかりじゃないのに、あんなにお客さんがいるんでしょうね？ なんであんなに一生懸命に聴いてくれるんでしょうね？ もう最高に気持ち良くて曲の途中で泣きそうだった。「今日このステージに立ててよかったぁ！」ってずっと心で叫びながら唄っていた。
充実した時間が終わるのが嫌で、ラストの曲はエンディングでいつもより長く長くギターを弾いてしまった。そして最後の音がスッと消えた時、チョッピリ切なかった……。

このライブは私の思い出に深く残るものでした。きっとこんなステージに立つ日を昔から願っていたからでしょう。きっと、こんな風に唄いたいって願っていた通りに唄えたからでしょう。ライブ活動を始めて2年半。や

*137　なぜ1人で遠くまでライブしに行くのか？ 私は1人でスケジュールなどの交渉もしていて本当はいつもツライ。でも自分の「もうできない！」っていう限界点を延ばすのも自分自身だから、チャレンジし続ける気持ちを失いたくないと思っている。まだまだできることはいっぱいあるはず！

っと望んでいた自分の姿に出会えた気がしました。

## そして夢の途中　8月4日（月）

６月から始めた初めてのライブツアー「アフロ犬も歩けば棒に当たる」が
　　　　　　　　　　　　　　　　　＊138
終わりました。うー、がんばったよ。誰も誉めちゃくれんだろうから自分
で誉めてあげましょう。「えらい。えらい」

山は登れど登れど険しくなるばかりで辛くて辛くて泣きたいこともしょっ
ちゅうだけど、時々見える麓の景色があまりに美しくて、「もっと登ると、
もっとキレイかも」って思うとまた登り始めるものです。私の登山に終わ
りはあるのだろうか？

人生に目標がないのは悲劇だ……誰かが言っていた。そうかな？
人生に目標がアルから挫折する……私はそう思う。

挫折と絶望ってほんと辛いよ。笑い飛ばすなんて不可能だ。
気の持ちようだよ！　なんて言うヤツは本当の絶望を知らない強者だよ。
私は絶望する。目標があり過ぎるから。でもね、絶望しても全てが終わっ
ても何度でも目標を見つけるの。そんでまた一から始めるの。
だって時々見つけたご褒美が嬉しいから。

今回のツアーで見つけたご褒美は「私ってまだがんばれるんだなぁ」って
いう自信です。そのご褒美をくれたのは、見に来てくれたたくさんの人達
や初めて出会った人達です。

挫折や絶望から救ってくれるのは「人間の愛情」なんですね。
皆さんに感謝。

今日は眠ります。おやすみ。また目が覚めたらがんばります。

＊139 「アフロ犬も歩けば棒に当たる」は６月10日渋谷DeSeOに始まり、６月30日池袋MANHOLE、
７月10日新宿FREAK、７月15日大塚RED ZONE、７月23日大宮HEARTS、７月28日大阪バナナ
ホール、７月30日神戸チキンジョージ、８月３日渋谷PLUGの８ヵ所でライブをしました。

## エンディング　自分に嘘をつく日々に慣れないで

「嘘をつく日々に慣れないで」
ライブでこの曲を唄うとたくさんの反応が返ってくる。
中には涙を浮かべてる女の子もいる。
ある日、アンケートに
「嘘をつかなきゃ生きていけない人もいるんです。
そんな人の気持ちも唄ってください」
と書いてくれたコがいた。

涙が出た。
だって私も同じだから。
だから歌詞を「嘘をつかないで」とは書けなかった。

この本を出そうと思ったのは、音楽だけでは伝えきれないコトがあるから。
それと、嘘をついて傷ついた日々をやっとふりかえる気持ちになれたから。
強くなれたのかな。
ううん、これもたぶん強がりです。

どんなに最善を尽くしてもすべてが上手くいくとは限らない。
それでも諦めずに毎日を生きてるすべての人に……。
一緒にがんばろうね！

やっぱ無意味な１日はなかったよ。

## 著者プロフィール

## 南谷　真子（みなみや　まこ）

札幌生まれ。東京と札幌で育つ。
10代後半よりパソコンを使って音楽活動を始める。
シンガーソングライター"OLIVE OLIVE"として大手音楽プロダクションに所属し、CDの発売やラジオ番組を数年間やっていたが、メジャーデビュー目前で挫折。1年ほど引きこもる。
2001年にバンド活動開始。現在、東京と大阪でライブを中心に活動中。
〈ホームページ〉http://maverick4.net

嘘をつく日々に慣れないで　アフロ日記 1998-2003

2004年1月15日　初版第1刷発行

著　者　南谷 真子
発行者　瓜谷 綱延
発行所　株式会社文芸社
　　　　〒160-0022　東京都新宿区新宿1-10-1
　　　　　　　　電話 03-5369-3060（編集）
　　　　　　　　　　 03-5369-2299（販売）

印刷所　神谷印刷株式会社

Ⓒ Mako Minamiya 2004 Printed in Japan
乱丁・落丁本はお取り替えいたします。
ISBN4-8355-6857-5 C0095